KB132163

래니

LANNY
by Max Porter

Copyright ⓒ Max Porter, 2019
Korean Translation Copyright ⓒ MUNHAKDONGNE Publishing Corp., 2021

This Korean edition is published by arrangement with Max Porter c/o Aitken
Alexander Associates Limited through KCC(Korea Copyright Center Inc.), Seoul.
All rights reserved.

이 책의 한국어판 저작권은 KCC(Korea Copyright Center Inc.)를 통해
Max Porter c/o Aitken Alexander Associates Limited와 독점 계약한
(주)문학동네에 있습니다.
저작권법에 의해 한국 내에서 보호를 받는 저작물이므로
무단 전재 및 무단 복제를 금합니다.

래니
LANNY

맥스 포터 장편소설
MAX PORTER

황유원 옮김

문학동네

평화, 나를 찾아온 낯선 이는
성장하며 겪는 그 모든 불안과 시련,
위급한 상황 속에서도 자연스레 자라나는
한 그루 나무.
나무는 푸르고 단호하고
나무는 괴로운 숨을 쉬지만
그럼에도 평화, 마음의 평화를 발산해,
성장과 몸짓을.
나무는 푸르른 감미로움으로 넘쳐나는
이 대지 전체를 온통 거닐어,
내가 당신에게 그러하듯, 하늘과 태양이
그 기질 부드럽게 해주는 이곳을.

리넷 로버츠, 「푸른 마드리갈 (I)」

차례

+

+

1

데드 파파 투스워트Dead Papa Toothwort는 선 채로 낮잠을 자다가 1에이커 너비로 깨어나 쓰레기에서 잔뜩 흘러나온 방울진 액체로 번들거리는 역청 찌꺼기 꿈을 떨어낸다. 그는 대지의 찬가를 듣기 위해 몸을 누이고(아무 소리도 들려오지 않으므로, 그가 대신 노래를 흥얼거린다), 그런 다음 몸을 웅크리고는 녹이 슨 깡통 뚜껑을 한입 떼어 먹고 신맛이 풍부한 뿌리 덮개와 부생식물의 축축한 외피를 빨아먹는다. 그는 갈라져서 흔들거리고, 나뉘었다 다시 뭉쳐지고, 플라스틱 냄비와 석화된 콘돔을 토해내더니, 박살난 유리섬유 욕조가 되어 잠시 멈추었다가, 비틀거리며 가면을 뜯어내 자신의 얼굴을 더듬고는, 그것이 오래전에 파묻힌 타닌산酸 병들로 이루어져 있음을 깨닫는다. 빅토리아시대의 쓰레기.

성질이 더러운 파파 투스워트는 절대 낮잠을 자서는 안 된다. 그러면 자신이 누군지 알지 못하게 되어버린다.

그는 뭔가를 죽이고 싶고, 그래서 노래를 부른다. 노래는 폭염 속에서 터지는 타맥 거품처럼 느릿느릿하고 덧없다. 그는 한 시간 동안 끈적거리는 웃음을 짓는다. 기운을 차리기 위해 그는 유식한 바보의 목소리로 떠들어댄다, 종이처럼 얇고 건조한 날개

들과 나무껍질 아래의 미물들을 향해, 자신이 작년에 여기 남겨
놓은 흔적들을 향해, 생쥐와 종달새, 들쥐와 사슴을 향해, 자신
의 진기한 추억을 향해. 그것은 주기적으로 신뢰를 심어주는 일
이며, 국가적 교육과정의 일환이다. 바스락거리고 졸졸 흐르고
저주를 퍼부으며 나무 사이를 지나는 동안, 그는 암울한 옷차림
을 계속해서 바꿔나간다. 그는 데이글로Day-Glo 형광 조끼를 입
은 엔지니어처럼 몇 걸음을 걷는다. 그는 야회복 차림으로 한 걸
음 내딛고는, 다시 한 걸음 내딛을 때마다 간이 방공호 차림으
로, 추리닝 차림으로, 녹이 슨 지프의 보닛 차림으로, 가죽 치마
차림으로 갈아입어보지만 이것도 저것도 다 신통치 않다. 그는
배기관이 되어 멈추더니, 몸을 꿈틀거리며 토끼 덫으로 변하고,
다시 오줌을 뒤집어쓴 쐐기풀이 되었다가 목이 졸린 분홍빛 양
이 된다. 그는 하늘에서 검은지빠귀 한 마리를 낚아채 새의 노란
부리를 활짝 벌린다. 그는 마치 그게 깨끗한 연못이라도 되는 양
찢어진 얼굴 안을 가만히 들여다본다. 그는 무대 같은 숲 너머로
새를 내던져버리고, 헐벗은 조림지, 무성한 조림지가 되어 자리
에서 일어나 쪼개진 발을 쿵쾅거린다. 그의 육신은 죽은 지 오래
인 십대 연인들의 이니셜이 새겨진 나무껍질 갑옷 한 벌이다. 그
는 쿵쾅이는 발걸음으로 숲을 지나간다, 완전히 잠에서 깨어나
듣는 일에 굶주린 채.

괴팍한 투스워트의 기분을 좋게 해줄 수 있는 건 오직 하나뿐이고 그것은 바로 듣는 일이다.

그는 정확히 황혼의 속도로 땅을 미끄러지듯 가로질러 자신이 가장 좋아하는 장소에 도착한다. 마을은 어스름에 물든 채 똑바로 예쁘게 앉아 그를 맞이한다. 그는 키싱 게이트*를 기어오른다. 그는 눈에 보이지 않고 느긋하며 벼룩 한 마리 정도의 크기다. 그는 가만히 앉는다.

그는 귀를 기울인다.

소리가 들려온다.

인간의 소리, 그의 호기심에 잡아 매여서 들판을 가로질러 끌려가다 그의 거대한 욕구 속으로 빨려 들어가는.

---

* kissing gate. 사람만 지나고 가축은 지날 수 없도록 설계된 출입문으로, 영국의 시골이나 공원에서 흔히 볼 수 있다.

자유재산.　　　　　　　　　빌 집

멋지다.

눈에 샴푸가 들어갔어,　　굴러 들어온 복

하루 중 즐거운 한때.

일시 정지를 눌러, 아빠가 안 보여, 악취가 나, 잔을 기울여

이제 그는 인간의 소리에 둘러싸여 있다. 그는 안쪽으로 손을 뻗어 조심스레 소리의 가닥들을 끌어당긴다. 오케스트라를 구슬려 소리를 얻어내는 지휘자처럼.

산출묘

그럼 버려

노련하게, 서두르지 않고, 유기체를 서서히 죽음으로 내모는 시간처럼, 조금씩 조금씩, 듣는다. 그는 자신의 마을이 몸을 뒤척이며 잠자리에 드는 소리를 듣는다.

꺼져 앨런

훨씬 더 큰 전력량, 아주 멋진 꿈,

팬벨트 끼익 소리

우유 사는 걸 까맣게 잊었네

페기 할멈이랑 얘기하다가

마지막 한 모금까지,   살아 있기에 어색한 시대,

무릎은 좀 어때, 인조 잔디에 쓸린 거지 암이 아니라고

가을은 잔인한 외과의사,   아빠는 노발대발, 토닉 워터보다 진을 많이,

데드 파파 투스워트는 숨을 내쉬고, 긴장을 푼 채, 울타리 디딤대 내부에 나른히 누워서, 미소를 지으며 자신의 영국 교향곡을 들이마신다,

까악거리는 떼까마귀들, 당번표를 코팅해,

아그네타가 갑자기 살이 쪘어,

9학년은 통제 불능,

엘름 하우스 계약,

나의 믿음직한 친구 '설사',

가벼운
축구   독창적인 창문, 시내에 잠깐 들러, 사람은 늙으면 죽지,
시합 한판,

배꼽 아래 이어진 체모처럼 길을 따라 놓인 귤 껍질,

좆만한 새끼,   흥미로운 빛,

빠른 등기와 일반 등기는 같은 게 아니야,

국가는 잘못될 수 있어,

저렇게 코카인에 전 새끼는 처음 보네,

성가대와 벤더스의 안타까운 충돌,

진저리나는 부모들,
좀 흐리멍덩한 타입인데 예뻐,

딱 한 잔만 마시고 침대로,   막힌 배수관,

그 돼지 같은 빨강 머리 애가 괴롭히던 우리의

아마 이란어일 거야,

왔다가   사라져   바람처럼,

실라의 솔티드 캐러멜 라이스 푸딩 오 주여 나는 죽어서 천국에 갔었어

영국 화폐 9파운드,

그는 그 속에서 헤엄친다, 그는 그것을 게걸스레 먹어
치우고 그것으로 몸을 감싼다, 그는 그것을 온몸에 문지른다, 그
는 그것을 몸에 난 구멍들 속으로 밀어넣는다, 그는 입안을 헹구
고, 장난을 치고, 이따금 멈추다 씹다를 반복하며, 그 소리를 핥
고 후루룩 마시고, 자기가 차지한 이곳이 자신의 혀 위에서 쉬익
소리와 함께 거품을 내길 바라고,

저런 사과는, 교수는 그렇게 말한다,   구역질나는 키슈,

그녀가 일흔 번의 여름을 보내는 동안 기댄 부분이 닳아 있는 대문,

발정난 여우들처럼 질러대는 비명,   그 자식은 날라리 사기꾼이야,

욕실 상태, 광섬유, 우리더러 발을 내려놓으래,

포일을 깔고,

하이라이트 보조,

항생제를 줄일수록 더욱 건강해지는 암소,

끝없는 칭얼거림,

사악한 미친 노인네, 저 스쿠터의 상태,   싸구려 허접쓰레기,

골칫거리 린다,

연달아 파란색으로 표시된 아홉 개의 분별 있는 선거구,　　　　너 아니면 나,

　　　　　　　금요일에 차 좀 태워달라고 졸라야지,

　　다리미질 좀 더 하다가 차 한잔,

　　　　　　　　　　현명한 켄에게 잠시 할 얘기가, 설사,

마르크스주의자 직공들이여 단결하라, 플레이스테이션이 고장났어,

　　　　　　　　　　데이브한테는 달리아가 잔뜩 있지

**　　데드 파파 투스워트는 그곳의 소음을 곱씹으며 자신이
가장 즐기는 맛을 기다리지만, 아직 그 맛은 느껴지지 않는다,**

나는 학교 선생이었기 때문에 꼴통들에 대해 아주 잘 알지,

　　　　　소년 묘목 소녀 묘목 그리고 발 높이까지 자란 아기 고사리가 있네,

　　안녕 이중턱 멋쟁이,

　　　　　블루벨을 뿌리째 뽑아놓으면 보기 좋은 건 고작 이틀뿐이야,

잼을 바른 스콘을 들고 날뛰는 뚱땡이 팸,

　　　　　　　　　그에게 망가진 페달이라고 말했어, 채널을 돌려,

　　유용한 퇴비,　　그가 보낸 문자에 답을 해,

　　로이가 또 공격을 당했어, 야시비는 평일 저녁에 수금을 해,

바람날 만도 해 그의 부인을 좀 보라고, 내 눈에 흙이 들어가기 전엔,

간병인들이 들어가는 걸 봤지만 진이 말하길 그들은 가망이 없대,

튼튼한 재스민,   팔굽혀펴기 스무 번과 자위 한 번.

한 달 전에 계획을 세운 내 말을 들어봐,

유수를 담은 물독,   재활용품 자루, 톰볼라 복권,

정말 어처구니없는, 현금 지불, 전혀 달갑지 않군, 모든 독서 클럽이

해로운 남성성을   화젯거리로   삼아,   엘이 고주망태가 됐어.

그러고서 그는 듣는다, 똑똑하고도 정확히, 자신이 가장 좋아
하는 그 사랑스러운 소리를.

소년의 소리.

그건 돌고래의 머리와 송골매의 날개를 가질 거야, 그리
고 그건 우리가 잠든 동안 날씨를 살펴며 폭풍경보를 알
려주는 짐승이 될 거야.

데드 파파 투스워트는 병든 낙엽송 팔로 자신을 꼭 끌어안고
턱 아래로 거품벌레가 내는 거품을 질질 흘린다. 그는 씨익 웃
는다. 돌고래의 머리와 송골매의 날개! **외과의사적 열망이 그를**

사로잡는다. 그는 마을을 자르고 벌려서 아이를 끄집어내고 싶어한다. 아이를 추출해내고 싶어한다. 어린 동시에 아주 오래된 것, 거울과 열쇠. 날씨를 살피며 폭풍경보를 알려주는 짐승…… 그는 아이에게, 아이가 잠자리에서 품는 생각에, 아이가 자기 전에 어머니에게 하는 인사에, 환영으로 가득한 잠 속으로 서서히 흘러드는 아이의 깨어나는 정신에 한동안 귀를 기울인다. 그러고서 데드 파파 투스워트는 자신의 자리를 떠나 이리저리 배회한다, 킬킬거리면서, 다양한 외피를 뒤집어쓰고 요란을 떨면서, 황혼을 방수복으로 입고서, 마을에 취한 채, 감정이 고양된 채, 하나의 사건이 또하나의 사건으로 계속해서, 몇 번이고 다시, 끝이라는 건 존재하지 않는 듯 이어진다는 생각에 설레고 안달하면서.

래니의 엄마

생명체의 숨결로 따스하게 데워진,
그애의 노랫소리가 들려왔다.

내게 선물을 가져다주는,

나의 노래하는 아이.

일 초나 이 초 동안 나는 그게 그애가 아니라는 걸 깨닫지 못
한다.

래니?

래니의 아빠

도시로 나와 자리에 앉아 일을 하고 있으면, 열차로 육십 분 거리에 존재하는 아이, 마을에서 자신의 하루를 시작하고 있는 아이, 기이한 생각으로 가득한 머리를 달고 돌아다니는 아이에 대한 생각은 완전히 말도 안 되는 것처럼 느껴진다. 직장에서 일을 할 때면, 우리에게 아이가 하나 있고 그게 래니라는 사실이 도무지 믿기지 않는다. 만일 나의 부모님이 여기 계셨더라면 분명 이렇게 말씀하셨을 거다. 아냐 로버트, 그 아이는 네가 꿈속에서 만들어낸 망상에 불과해. 진짜 아이들은 그렇지 않단다. 다시 계속 자렴. 다시 업무로 돌아가렴.

그 아이의 생활통지표에는 이렇게 적혀 있었다. "래니는 무리를 결속시키는 데 타고난 재능이 있습니다. 래니는 종종 시의적절한 농담이나 노래 하나로 혼란에 빠진 교실을 진정시키곤 합니다." 객관적으로 보더라도 분명 그럴 것 같다. 딱 래니가 할 법한 행동이다. 하지만 그애의 이런 재능은 어디서 왔단 말인가? 내게도 그런 재능이 있나? 래니와 그의 재능을 관리하고 통제하는 건 무엇 혹은 누구의 몫이란 말인가? 오 망할, 그건 바로 우리 몫이다. 아이가 있는 이상 완전히 미쳐버리지 않을 사람이 누가 있겠나?

"래니는 특히 언어에 뛰어난 재능을 보이고 '세계 책의 날'에 래니가 『수달 타카의 일생』으로 만든 아크로스틱*은 교장 선생님으로부터 '매우 우수'에 해당되는 금박 느릅나무 칭찬 스티커를 받았습니다."

뭐라고? 대체 그게 다 무슨 소리야? 스티커를 받아야 할 사람은 나라고.

피트

그 당시 나는 죽은 것들의 뼈를 찾아서 세척하는 일에 빠져 있었다. 대부분 새들의 뼈였다. 나는 그것들을 분리해서 금박을 입힌 다음, 엉터리로 재조립하고 철사로 고정시켜 매달아두곤 했다. 조잡하게 만든 작은 새 모빌. 나는 그것을 십여 개 정도 만들었다. 갤러리는 전시할 무언가를 원했다. 팔 수 있는 무언가를.

---

* 각 행의 첫 글자나 끝 글자를 연결하면 말이 되도록 만든 유희시(遊戲詩).

나는 그밖에도 갖가지 나무껍질 모형을 주조하고 있었다. 나는 그것들을 간단한 글과 함께 여러 상자에 담아두었다.

데생 몇 점. 그럭저럭 봐줄 만한 판화 몇 점. 세트들. 수수한 작품들.

어느 날 아침 그녀가 작업실로 찾아와 완벽히 두 갈래로 갈라진 나뭇가지 하나를 내게 전해주었다. 그녀는 내가 만든 조각상을 본 적이 있었다.

우리는 이따금 길에서 잡담을 나누는 사이에서 그녀가 한 주에 한두 번씩 불쑥 찾아와 함께 차를 마시는 사이가 되어 있었다. 때로는 래니와 함께, 때로는 혼자서. 그들이 마을로 이사온 지 일 년이나 이 년밖에 안 된 시점이었다.

그녀는 내가 거칠게 깎아놓은 조각상, 십자가 없는 예수상을 본 적이 있었는데, 떨어져 있던 그 나뭇가지에서 또다른 가능성을 엿보았던 것이다.

정말 친절하시네요, 나는 말했다.

제가 좋아서 하는 일인걸요, 피트, 그녀는 말했다.

나는 그녀가 좋았다. 같이 수다떨기 좋은 상대였다. 따뜻한 성격이었고, 대상에 대한 감식안이 있었다. 종종 나의 작품을 보여주면 흥미로운 견해를 들려주곤 했다. 그녀는 내게 웃음을 주었다. 하지만 그녀는 화를 내야 할 때는 낼 줄 아는 사람이기도 했다. 내가 어울릴 기분이 아닐 때는 금세 알아차리는 듯했다.

그녀는 배우였다. 여러 연극에 출연했고 TV에도 잠깐 출연했었다. 그녀는 그와 관련된 모든 이야기를 들려주었다. 그쪽 업계에서 만난 수많은 개자식들에 대한 이야기를. 예전의 예술계와 전혀 다를 게 없는 것처럼 들렸다.

그녀는 배우 일을 그리워하진 않았지만, 래니가 학교에 가거나 남편이 도시로 일하러 가고 나면 가끔 권태로움을 느꼈다. 그녀는 자기가 책을 쓰고 있다고 했다. 살인을 소재로 한 스릴러물.

살벌하고 무시무시한데요, 나는 말했다.

아주 살벌하고 무시무시하죠. 하지만 스릴도 넘쳐요, 그녀가 말했다.

그녀는 내가 작업을 하는 동안 종종 옆에 앉아 있곤 했다. 그녀는 나 몰래 갤러리에서 내 작품 하나를 구입했었다. 나의 훌륭하고 커다란 부조 하나를. 미리 알았더라면 지인 할인을 해줄 수 있었을 텐데요, 내가 말하자 그녀는, 내 말이 그 말이에요, 피트, 하고 말했다.

나는 그녀가 좋았다.

그녀는 주변에 놓인 물건들을 이것저것 만지작거리곤 했다.

철사 조각. 연필. 나무 잔가지.

뭐라도 한번 만들어보세요, 재료는 마음껏 쓰셔도 됩니다, 언젠가 나는 그렇게 말했다.

오 아네요 전 시각적인 것에는 전혀 소질이 없어요. 그녀는 말했다.

그 얘기를 듣고는 정말 이상하고 슬픈 말이라고 생각했던 기억이 난다.

시각적인 것에는, 전혀 소질이 없어요.

누군가가 그녀에게 그런 고정관념을 심어주는 말을 했던 게 틀림없다.

나는 어머니를 떠올렸다. 어머니가 아주 어렸을 적에 누군가가 그녀에게 음치라고 말한 적이 있었다. 그래서 어머니는 평생 노래를 부르지도 휘파람을 불지도 않았다. 나는 노래를 못해, 그녀는 그렇게 말하곤 했다.

어머니가 돌아가시고 얼마 지나지 않아 나는 그게 얼마나 터무니없는 생각이었는지를 깨달았다. 노래를 못해.

그리하여 시프리지힐에 새로 들어서고 있는 크고 흉물스럽고 네모난 유리 건물에 대해 함께 수다를 떠는 동안, 그녀는 식탁에 앉아서 부스러진 이끼를 모아 큰 덩어리를 만들고 있다.

나는 그녀를 지켜본다.

그녀는 우선 그 덩어리를 깔끔한 형태로 다듬는다. 납작하게 누른다. 반으로 가른다. 손가락으로 꼬집듯 매만져 두 줄로 만든다. 두 줄의 가장자리를 안팎으로 살살 밀면서 녹색과 회색이 뒤섞인 작은 치열齒列을 만든다. 그것을 직사각형 모양이 되도록 가볍게 두드린 다음 손톱으로 가장자리를 말끔하게 정리하고, 축축해진 손가락 끝으로 가운데를 꾹꾹 눌러 완벽한 원을 만든다.

시각적인 것에는 전혀 소질이 없다. 하지만 저기 앉아서 작은 마른 이끼 더미를 여섯 개의 사랑스러운 형태로 바꿔놓으며, 자신도 모르게 내 부엌 식탁 위에 그림을 그리고 있다.

그녀는 고개를 들어 나를 쳐다보고는, 내가 바쁘다는 걸 알고 내가 유명하다는 것도 알고 있지만, 너무 터무니없는 제안이 아니라면 혹시 어린 래니에게 미술 수업을 해줄 수 있겠느냐고 묻는다.

미술 수업: 헛짓거리, 나는 생각했다.

나는 래니를 정말 좋아하고 그 아이와 수다떠는 것도 즐겁지만, 미술 수업보다 더 끔찍한 것은 상상도 할 수 없다고 그녀에게 말했다.

나는 비참하고 고독한 개자식에 불과하고 연필 하나도 제대로 쥐지 못하는걸요, 나는 말했다.

그러자 그녀는 소리 내어 웃었고, 이해한다고 말하고는 특유의 나긋나긋한 태도로 자리를 떴다. 빛에 민감한 성격, 나는 그것을 그렇게 부른다. 대부분의 사람들보다 살짝 더 날씨를 닮은 유형의 사람, 대부분의 요즘 사람들보다 흙과 동일한 원자로 이루어져 있다는 사실이 더욱 분명해 보이는 유형의 사람. 래니가 왜 그런지를 잘 설명해주는.

그리하여 그날 아침 그녀는 떠났고, 나는 그녀의 방문이 남기고 간 여운을 들이마셨으며, 자라나는 여자들에 대해, 이 세상에서 소녀로 살아가는 일에 대해 한참을 생각했고, 그러고는 엄마를, 여동생을, 알고 지냈던 여자들 몇몇을 그리워했으며, 울새의 두개골에 작은 금박 조각을 조심스레 올려놓고는 〈Old Sprig of Thyme〉을 혼자서 흥얼거렸다.

래니의 엄마

생명체의 숨결로 따스하게 데워진,
그애의 노랫소리가 들려왔다,
그리고 아이는 내게 바싹 달라붙었고, 무릎 위로 기어올라서는 내 목을 감싸안았다.

나는 말했다. 무대 왼쪽에서 래니 입장, 노래하면서, 소나무와 다른 멋진 것들의 악취를 풍기면서.

나는 생각했다. 부디 이렇게 안아주지 못할 만큼 자라진 말렴, 지열로 덥혀진 나의 귀여운 아가야.

래니의 아빠

만일 일곱시 이십일분 열차를 타면 래니와 함께 아침식사를 할 수 없지만, 칼 테일러와의 만남은 피할 수 있고 대개 자리에 앉을 수 있다. 만일 일곱시 사십일분 열차를 타면 래니의 얼굴은 보겠지만 플랫폼에서 칼 테일러와 만나게 될 테고, 그러면 수전 테일러와 똑똑한 테일러의 딸들에 대한 이야기, 그들이 GCSE*에서 무슨 과목을 선택할 것인지에 대한 이야기를 들어줘야 할 테고, 누군가의 겨드랑이 냄새, 누군가의 접이식 자전거, 칼 테일러의 뉴스피드에 올라오는 글들과 누군가의 헤드폰에서 나오는 금속성 음악소리를 참아내야만 할 것이다.

마을의 거리를 따라 내려와서 뱃살이 흔들리도록 빠르고 거침없이 교차로를 지난 다음, 고스트 파일럿 레인을 따라 애시코트를 지나서 중앙분리대가 있는 고속도로를 타고 쭉 시내까지. 트랙터나 자전거 타는 사람이 없다고 가정하면 이십 분 내로 역에 도착할 수 있다. 내 최고 기록은 십사 분이다. 만일 고스트 파일럿 레인에서 속도를 늦추면 아마 도로에 사슴이 나타날 테고, 그

---

* 영국에서 10학년 혹은 11학년 학생들이 치르는 중등교육자격검정시험.

럼 일 분간 멈춰 서서 그들을 지켜볼 수도 있다. 아니면 경적을 울려서 내가 지나가고 있다고 경고한 뒤, 차창을 내린 채 들이치는 바람에 잠을 깨우며 시속 70마일이나 80마일로 달리면서 운전을 즐길 수도 있다. 아무래도 운전을 즐기는 편이 낫다. 차는 비싼 돈을 들여 구입한 것이고, 주차된 채 나를 기다리며 일생의 대부분을 보내므로.

때로 차를 너무 빨리 몰면 역 주차장에서 오 분이 남고, 그러면 나는 자리에 앉아 차에게 말을 건넨다. 고마워, 나는 말한다. 선생님과 함께하게 되어 기쁩니다. 정말 잘됐어, 친구. 부케팔로스*, 너는 절대적으로 아름다운 세상 최고의 말이야. 바로 이런 게 통근이지. 판에 박힌 일상을 게임 다루듯 구슬리며 얻어낸 작은 기쁨. 파트타임으로만 시골 사람 역할을 맡고 있는 남자의 작은 꼼수. 그것은 못 견디게 단조로운 일일 수도 있다. 살짝 가련한 일일 수도 있다. 나도 잘 모르겠다.

내 책상 위쪽에는 래니가 그린 그림이 한 장 붙어 있다. 그것은 망토를 두른 채 스카이라인 위를 날고 있는 나를 그린 그림이

---

* 알렉산드로스대왕의 애마.

고, 거기에는 이렇게 적혀 있다. "아빠는 매일 어딜 가는 걸까? 아무도 모르지."

래니의 엄마

피트가 문을 두드렸다.

페기 할멈한테 붙들리지 않고 무사히 왔네요.

축하해요, 피트, 하지만 돌아가는 길에는 붙잡힐걸요. 페기는 솔개들한테 먹이를 주는 사람들 때문에 걱정하고 있어요. 차 한 잔 할래요?

그는 신고 있던 부츠를 내려다보고는 턱수염을 잡아당겼다.

차는 됐습니다. 그런데 말이에요. 그날 밤 당신이 떠난 뒤에 한번 생각해봤어요. 나는 비참하고 늙은 개자식인데, 이 상태에서 더 나빠지지 않으려면 대체 어떻게 해야 좋을지 생각해봤죠. 나는 가르친다는 게 어떤 건지 모르고 누가 날 가르치는 것도 질색이에요. 하지만 만일 당신이 묻는 게, 래니가 우리집에 와서 부엌에 앉아 내 종이로 나와 함께 그림을 그리고, 내가 하는 일에 대해 수다를 떨어도 괜찮겠느냐는 것이라면, 안 될 이유가 뭐겠어요. 래니는 사랑스러운 아이니까 함께 있어도 괜찮을 것 같아요. 오히려 내게 도움이 될지도 모르죠. 그래서 말인데, 방과후 매주 월요일이나 수요일은 어떨까요?

오 정말 멋져요 피트. 수업료는 받아주실 거죠?

말도 안 돼요. 그딴 소리 하시면 화낼 겁니다. 내년에 제가 성가신 금박 새들을 전시하면, 돈 많은 당신 남편한테 그거나 한 마리 사달라고 하세요.

어쩜, 정말 친절하세요. 래니가 무척 기뻐할 거예요. 그럼 수요일로 부탁드릴게요.

피트는 진입로를 저벅거리며 걸어갔다. 그가 뒤쪽으로 한 손을 들어올리더니 외쳤다:

수요일 네시예요. 기다리고 있겠습니다!

데드 파파 투스워트

데드 파파 투스워트가 19세기 교구 목사의 부인 아래에 누워 그녀의 골반에 자라난 주목나무 뿌리를 만지작거린다. 그는 교회 묘지를 사랑한다. 그는 듣는다……

지미의 엄마가 그렇게 말하는 한 괜찮아,

내가 죽거든 내 비곗덩어리를 뭉쳐서 새 모이로 줘,

잔돈으로 구입한 새 형광펜 열 개,

딜런에겐 그 성질머리를 조절할 조광 스위치가 필요해,

저렇게 큰 자지는 목줄로 묶어놓아야 해,

오픈 플랜식 부엌,　　　　　　　꽃무늬 프린트,

톰은 전혀　　잘　　　　　　휘핏의 온화한 성격,
　　　　　지내지
　　　　　　못했어, 과잉 지출, 새 트랙터와 새 울타리,

기름기 많은 돼지처럼 다들 통통하고 번들거려,　　고무 주걱 열 개

집집마다 털어 가는 도둑놈한테서,　　묵직한 석회질 토양,

그녀는 기네스를 제대로 따를 줄 모르지만

인생이 천부는 아냐,　　　　　젖통이 크니까 용서해주자고,

인터넷이　　　　브라이언 굴드는 케케묵은 자기 연민 때문에 죽게 될 거야

데드 파파 투스워트는 그들이 이 교회를 지었을 때를 기억한다,

저녁 기도와 명상, 공휴일에 그 짓을 하다니 그는 바보야,

아직 못 보긴 했지만 그래도 미리 경고해줘서 고마워 잔Jan,

썩어가는 쥐, 생명공학은 무슨 난 돼지를 죽여서 먹고산다고,

스와핑 팜파스 그래스, 그래서 미친 진Jean이라는 별명이 붙은 거야,

닥터 호바스는 나의 치질을 치료해줬어,

나는 벌이 멸종할 거라고 봐,

대지의 소금,

오 세상에 으스스한 다빈치님께서 여기 납시네

또 이lice가 나왔어,   트리니다드 출신인데 다들
                                          자메이카 출신인 줄 알아,

번쩍이는 새 차, 양심 없는 인간, 주차할 데가 없어,

                    양다리 걸치는 버릇이 그의 아킬레스건이 될 거야,

실크컷 담배가 막 다 떨어졌어요,

멀리서 가져온 돌, 근처에서 가져온 부싯돌, 바로 이곳 숲에서 가져온 목재, 지역 소년들, 싸구려 목재로 만든 신도석, 싸구려 목재로 만든 꽃무늬 예배 용품, 모서리를 담쟁이덩굴 문

양으로 장식한 찬송가 게시판, 제단 테이블—그래 그렇지, 그가 저기 있군, 세례를 받은 자와 결혼한 자, 따분해하는 자와 죽은 자를 보며 히죽거리는, 라임나무를 깎아 만든 벨라도나를 앙 물고 있는 그린맨*의 머리,

복도 뒤쪽의 토사물,
　평신도 교구 대표들 혹은 내 식대로 말해서 수다쟁이들,
엉터리 전설 마거릿,　　　　　　　　폐기랑 몇 시간 동안 얘기하다가,
　　　　　　팔려고 칠 개월 동안이나 내놓은,
개 배설물용 쓰레기통 여섯 개,　　모두가 모두를 알아,
　　　　　　　　　나라 전체가 작은 키 콤플렉스에 빠졌어,
그 소식은 톰의 불안을 자극할 거야,　집시 경보, 우린 45.67파운드를 모았어,
줄리Julie가 아니라 졸리Jolie라니 믿어지니,
　　　　　　　　세상에나 저 고광나무 향기 너무 좋네,
건배해요 엄마, 난 흑맥주 마시면 설사해,
　　　　　　굶주린 도깨비들처럼 진한 키스를,
냉소는 그만 삼가주세요 감사합니다 여러분, 내 팔에서 이끼 냄새가,

---

* Green Man. 식물의 형상을 한 전설 속 존재로, 보통 나뭇잎이나 덩굴로 둘러싸인 모습의 얼굴 조각으로 표현된다.

누군가가 매일 새커리 하우스에서 울다 잠이 들어,

한때 삼림지대였던 곳이

다시 삼림지대가 될 거야,

할인된 비료   허세 부리는 멍청이,

그들이 네게 몰려올 거야,

목가적인 해리엇 비처 스토풍의 야생초 목초지가 보이는

아름다운 빅토리아시대의 주택,

아이의 마음

　　그는 쐐기돌, 장식용 스텐실, 문신, 크리켓 클럽 로고에 모습을 드러내왔고, 영국의 모든 하찮은 장신구와 쓰레기, 돈에 관한 교훈, 행운의 부적과 저주에 등장해왔다. 그는 이곳에 있는 모든 집의 모든 침실에서 이야기의 형태로 존재해왔다. 그는 그것들 속에 물처럼 존재한다. 동물, 식물, 광물. 그들이 그의 지역에 끼어들어 새로 집을 지으면, 그는 상황에 맞게 변화한 모습으로 튀어나와 겁을 주고 규정을 내린다. 이곳에서 그는 시간만큼이나 오래된 존재다.

피트

우리는 수업을 시작한다.

굵직한 빗방울이 골짜기 전체에 마구 쏟아져 내리는 탓에 우리는 실내에 있다.

창문 바깥에서 휘몰아치는 비바람의 그림자로 얼룩진 팔레트 나이프.

부엌 식탁 앞에 가져다 놓은 의자 두 개.

아늑한 방. 따뜻한 난롯불. BBC 라디오 3.

방석 두 개, 연필 두 자루, 주스가 든 텀블러 하나, 차가 든 머그잔 하나.

아, 나의 친구 래니, 이 백지들을 좀 보렴.
세상을 막 창조하기 시작한 신이 된 것 같은 기분이 들지 않니?

넌 뭐든 할 수 있어.

그럼 자! 나는 말했다. 사람을 한 명 그려보렴.

어떤 사람이요?

누구든. 그냥 사람이면 돼. 인간 비슷한 거. 방금 머릿속으로 나무와 사람 사이에서 작은 동전을 하나 던졌는데 그게 사람 쪽으로 떨어졌거든, 그러니 사람으로 한번 시작해보자꾸나.

래니는 오른쪽 어깨를 왼쪽보다 살짝 추켜올린 채 몸을 앞으로 숙이고 두 팔을 백지 위로 구부리더니, 불완전한 말들과 드문드문 흘러나오는 선율로 이루어진 부드러운 흥얼거림과 속삭임 사이를 오가며 그림을 그리기 시작한다. 정신을 집중한다. 그는 서두르는 성격이 아니다.

래니가 머리를 긁적이더니, 자세를 바로하며 그림을 내 쪽으로 밀어 보낸다. 찡그린 이마.

그래, 한번 보자. 음, 틀림없는 사람이로구나. 잘했다. 이제 네

가 그린 이 사람에 대해 잠깐 이야기를 나누며 뭐가 뭔지 살펴볼
차례야.

집중하느라 찡그렸던 얼굴을 활짝 편 래니는 호기심 가득한
표정으로 귀를 기울인다. 그의 두 눈은 봄날의 서어나무처럼 아
주 파릇파릇하다.

자, 래니. 네 팔이 어디에 붙어 있는지 한번 보겠니? 너는 이 친
구의 팔이 옆구리에서 뻗어 나오게 그렸구나. 어떻게 생각하니?

우리는 옆으로 몸을 틀어 양팔을 벌린다. 부엌 식탁에 뜬 두
대의 비행기. 래니는 웃으며 고개가 어깨 아래까지 내려오도록
끄덕이더니, 이 불쌍한 녀석의 양팔이 몸통 가운데가 아니라 제
대로 된 높이에서 뻗어 나오게끔 새로 그려넣기 시작한다.

이제 머리를 살펴보자, 래니. 잠깐 너 자신을 떠올리면서 네
머리와 가슴 사이에 뭐가 있는지 한번 생각해보겠니?

래니는 활짝 웃더니 마치 새로운 발견이라도 했다는 듯 자신
의 목을 가리킨다.

우리는 소리 내어 웃는다. 우리는 기뻐한다. 우리는 더 나은 모습이 된 사람을 위해 건배하며 잔을 쟁그랑 부딪친다.

그애가 떠나고, 그 첫 수업이 끝나고 한참이 지난 후, 나는 자리에 앉아 생각한다.

나는 래니가 내는 웅얼거림, 반쯤은 노래처럼 읊조리는 소리들을 재현하려 애써본다.

"리먼 아, 비터 카, 레먼 아, 페넘 아, 메넘 아, 위터 카, 피터 카, 벗 차카 벗 차카 벗 차카, 리먼 아……"

나는 그게 어느 TV 프로그램의 주제가이거나 내가 모르는 팝송일 거라고 생각한다. 어쩌면 그건 그저 래니가 여기저기 귀를 기울여 이 세상의 소리들을 흡수한 다음 뽑아낸 또다른 가락일지도 모른다.

나는 기다린다.

부엌 한구석에 모여 있는, 산들바람에 순종적인 먼지 뭉치와 보풀들.

나는 한창 바쁘던 시절, 갑자기 작품이 팔리기 시작하던 시절에 얼마나 우울했는지를 떠올린다. 사람들이 내게서 늘 뭔가를 원하던 시절. 난 유명했다. 런던에서도. 그리고 나는 그 이전으로, 지금처럼 선명했던 시절로 거슬러올라가는 기분을 느낀다. 소년이 되는 기분을.

언젠가 나에게 내가 그린 사람 그림을 보여주며 내 팔이 해부학적으로 어디서 시작되는지 한번 생각해보라고 묻던 한 나이든 여인을 떠올린다.

그 여인은 죽은 지 오래다.

영국의 계절들이 침대 밖으로 굴러 나온다.

래니의 엄마

래니가 춤을 추고 노래를 부르면서, 집밖의 냄새를 풍기면서
방으로 들어온다.

호옥시 그거 아셨어요오오, 래니가 말한다, 흰동가리는 전부
수컷으로 태어났다가 여왕이 죽으면 수컷 중 하나가 암컷으로
변해서 새 여왕이 된다는 사실을요? 그렇다면 수컷이랑 여왕 중
에 어느 쪽이 먼저 생긴 거죠?

내 생각에는 여왕인 것 같구나, 우리 귀염둥이.

나는 그애를 꼭 껴안는다.

엄마는 이제 뭐할 거예요?

나는 대답하지 않고, 래니는 호기심의 물결이 이끄는 대로 이
리저리 돌아다니다가, 자신이 느끼는 어떤 사소한 예감이나 의
문을 따라 다시 정원으로 나간다.

나는 아이에게 말해줄 수 없었다. 래니야 엄마는 어떤 남자가 파티에서 한 여자를 외진 곳으로 몰아넣는 장면을 쓰고 있어, 라고 말할 수 없었다. 그 남자는 여자의 귀에 대고 이 암캐 같은 년, 하고 속삭인다. 그는 자신의 무릎을 그녀의 가랑이 사이로 밀어넣는다.

나는 사람들을 즐겁게 해주기 위해 끔찍한 사건들을 꾸며내고 있다. 출판사는 학대와 복수에 대한 소설을 쓰는 대가로, 유력인사인 한 남자를 독살한 후 그 시신을 용광로에 던져버리는 여자가 등장하는 열두 페이지짜리 샘플 원고를 바탕으로 한 권 분량의 소설을 쓰는 대가로 내게 꽤 많은 돈을 지불했다.

휴일이라 어린 아들이 학교에 가지 않고 집에 있을 때, 함께 정원으로 나가 그애가 하는 횐둥가리 이야기를 들어줄 수도 있을 때 이런 일을 하고 있다는 게, 갑자기 몹시 난처하게 느껴진다.

나는 래니가 자두나무에 거꾸로 매달려 있는 모습을 바라본다.

남편은 범죄소설의 윤리성에 대해 의문을 제기한다. 그는 내가 대상을 미화하는 경향이 있다고 말한다. 아직 원고를 읽지 않아서 내가 뭘 미화하고 있는지 알지도 못하면서. 난 그저 일부러 반대 의견을 말하는 악마의 변호인 노릇을 하고 있을 뿐이야, 라고 그는 말한다. 마치 자신의 참견이 큰 영감이나 도움을 주기라도 했다는 양. 악마의 변호인, 터널을 지나느라 신호가 끊기는, 자기가 마실 차가 뭔지에나 관심이 있는. 악마의 변호인, 내가 똑바로 앉아 책을 읽는 동안 옆에서 코를 고는.

나는 충분히 나쁜 엄마다. 나는 충분히 훌륭한 범죄소설 작가다. 래니는 내가 쓰고 있는 인간의 병든 영혼과는 전혀 무관한 존재다. 아마도 그는 더러움이 다가오는 것을 보면 우아하게 옆으로 물러설 것이다. 그는 엄마의 MS 워드 문서 때문에 악의적이거나 불행한 사람이 되진 않을 것이다. 이건 다 내 머릿속에서 벌어지는 일들이다. 래니는 자신의 머릿속에서 벌어지는 일들만을 알고 있을 뿐이다. 누가 날 비난하겠나? 감히 생각도 할 수 없는 일이다.

남편이 열차에 앉아서 대출채권담보부증권의 끔찍한 따분함이 래니에게 악영향을 끼칠까봐 걱정할까? 그럴 리 없다. 래니가 흰긴수염고래를 검색할 때 아빠의 휴대폰을 사용한다는 사실,

그리고 내가 몽상에 잠겨 살인 플롯을 짜는 척하는 동안 자신이 비참하게도 바로 그 휴대폰으로 화장실에서 포르노를 보며 자위를 한다는 사실을 연결지으며 역겨워하거나 수치스러워할까? 아니. 그렇지 않다. 그런 부담은 늘 여자들의 몫이다.

래니의 아빠

래니는 좀 어때? 내 직속 상사인 찰스가 묻는다.

래니.

걔는 좀 어때? 여전히 '3월의 토끼'*처럼 별나게 구나?

나는 내 아들에 대해 이런 식으로 말하는 이 인간, 등신 같은 나의 상사에게 주먹을 날리고픈 충동을 느낀다. 하지만 래니가 별나다는 사실을 그는 어떻게 알았나? 나 때문에. 그리고 그는

---

*3월부터 토끼의 발정기가 시작된다는 속설에서 나온 표현으로, 『이상한 나라의 앨리스』에 등장하는 괴짜 토끼의 이름이기도 하다.

어째서 자기가 내 가족에 대해 이런 식으로 말해도 된다고 생각하나? 나 때문에.

나는 뜨겁게 덥혀진 이 유리 상자 같은 건물 이십삼층에서 런던을 내려다본다. 마치 거대한 아이 하나가 도시 크기의 회로판을 망가뜨리고 그곳에 벽돌을 몇 개 집어던진 다음, 그 위에 흙을 뿌리고 색칠을 하다가 그만둔 것 같은 모습이다. 힘차게 오고 가는 열차들, 몸을 피하기 위해, 혹은 점심식사를 위해, 혹은 돈을 벌기 위해 서두르는 조그마한 사람들. 런던은 스스로를 너무 진지하게 여긴다. 우스꽝스럽다. 나는 그게 마음에 든다.

우리가 사는 마을은 아주 작다. 오십 채도 안 되는 작고 붉은 벽돌집, 술집 하나, 교회 하나, 임시 건물 같은 작은 의회 건물, 점점이 흩어진 몇 채의 더 큰 집들. 건물 사이의 공간, 건물 주위의 공간, 그 공간은 이곳에서 봤을 때 정말이지 말도 안 되는 것이다. 나무와 들판에 둘러싸인 채 모여 있는 몇 채의 집들, 그게 어떻게 가능한 일이란 말인가?

짜증이 사그라든다. 누가 자신을 '3월의 토끼'에 비유했다는 말을 들으면 래니는 신이 나서 긴 풀 사이를 뛰어다니며 자기 그림자와 권투를 할 것이다. 드넓은 마을을 깡충깡충 뛰어다니며 기이한 꿈을 몰고 오는 존재.

래니는 잘 지냅니다. 고마워요, 찰스. 그리고 맞아요, 제정신이 아니죠. 제정신이랑은 거리가 멀어요. 자기 엄마를 닮았거든요.

피트

날씨가 좋으면 우리는 야외 수업을 하기도 한다.

래니, 너는 가장 좋아하는 계절이 뭐니?

가을이요.

아 잘됐구나, 나도 그렇단다.

우리는 마을에서 터벅터벅 걸어나와, 그루터기가 수마일에 걸

처 펼쳐진 샘슨네 휴경 농지와 학교 운동장 뒷부분이 만나는 경계에 세워진 울타리 틈새를 통과해 나아가고, 이내 땅이 굽이지기 시작한다.

우리는 '엘비스 헤어 호손' 옆에서 발걸음을 멈춘다.

이곳은 말이야, 래니, 특별한 의미를 지닌 장소란다.

왜요?

이곳은 네가 더이상 보이지 않게 되는 최초의 지점이니까. 마을은 언제나 널 지켜보고 있어, 하지만 이 지점을 넘어가면 너는 마을의 시선을 벗어나게 돼.

우리 양옆으로는 오로지 숲. 우리 앞으로는 오로지 언덕. 마구잡이로 깔린 채 이 부드러운 풍경을 만들어내는 판석들 위로 잘못 겹쳐져 있는 카운티의 경계들. 이 길 둘레에 있는 아주 나이 많은 나무 몇 그루. 성자들.

우리는 가파른 백악질 절벽과 이끼 긴 비탈, 우리의 행로를 따라 늘어선 바다 괴물 같은 나무뿌리 위를 터벅터벅 거닐며 시간의 흐름에 대해 이야기를 나눈다.

나는 래니에게 자신의 연인을 찾아 이 길을 위아래로 뛰어다니는 벤 하트의 유령 이야기를 들려준다. 자신의 여인을 소리쳐 부르는 머리 없는 벤 하트의 이야기를. 나는 단지 그애를 놀리며 살짝 겁주려는 것뿐이지만 래니는 아주 진지한 목소리로 대답한다. 멋진데요, 그를 만날 수 있으면 좋겠네요.

우리는 발걸음을 멈추고 너도밤나무 밑동의 뒤얽힌 선들을 그린다. 우리의 발아래에는 돌과 뼈가 있고, 우리의 머리 위에서는 짙은 적갈색으로 변한 우듬지의 나뭇잎들이 바스락거리기 시작한다.

이곳은 한때 언덕 위의 성채로 가는 길이었다.

이 아이는 목탄을 잘 다룬다. 목탄의 번짐을 좋아한다.

그림자를 만들고 있어요, 아이가 말한다.

우리는 다시 실험을 이어나간다. 바싹 마른 나뭇잎을 잉크에 적셔 찍어낸 뒤, 벌레와 시간이 갉아먹어 생긴 공백은 잉크로 채워넣는다. 우리는 잉크를 방울방울 떨어뜨리고 잉크에 담그기도 하면서 꽤 괜찮고 새로운 작품을 만들어낸다.

래니는 작업 도중에 종종 아이의 입에서 나왔다고 하기에는 기이하고 놀라운 말들, 이해할 수 없는 말들을 웅얼거린다―

나는 백만 개의 카메라예요, 심지어 잠들어 있을 때도 찰칵, 찰칵 사진을 찍어요, 매순간 뭔가가 자라나고 변화해요. 우리는 원대하고 위대한 계획의 일부인 작고 오만한 섬광들이에요.

나는 웃음을 터뜨린다.

네가 뭐라고? 그런 말은 어디서 들었니?

잘 모르겠어요, 그애가 말한다.

래니는 고개를 갸우뚱거리고, 어떤 비밀스러운 웅얼거림이 그의 입에서 슬쩍 빠져나와 우리 사이의 공간 속으로 사라진다.

이럴 때 래니는 거의 무언가에 홀린 사람처럼 보인다.

데드 파파 투스워트

그에게는 몇 가지 규칙이 있다. 이를테면 고양이를 절대 믿지 말 것, 오소리에게 절대 입맞추지 말 것, 새로 나온 농약은 늘 맛을 볼 것, 몸을 휘감았을 때 굴복하는 것만 잡아먹을 것, 여름 축제 때 투스워트 복장을 한 사람에게만 빙의해야 한다는 사실을 늘 명심할 것. 매년 자신의 숭배자들이 입는 복장 속에서, 그들이 취하는 자세 속에서, 그들의 인대와 체액 속에서, 움직여야만 한다

끔찍한 소동, 그들이 낡은 헛간을 팔 수 있을 거라 생각했어,

이상한 커플,   자기야 로드니는 거짓말쟁이야,

그 개자식은 폭풍이 불 때 내려왔어, 창피한 줄 알라고,

그의 개 이름은 월터 롤리 경卿이야,

슈리타가 8월

둘째 주를 제안했어, 일종의 실트 흙 잔여물, 상류층 등신,

나는 시내로 갔어, 스키비 닉은 해고당했지,   소름끼치는 꼬마 한 명,

규제 완화는 절대 시골의 방식이 아니야, 줄어드는 종달새 개체수,

결국 그건 우리와 그들의 싸움이고 지금껏 늘 그래왔어,

다음은 또 뭐야 교구 잡지의 폴란드인 광고,

그녀는 우리 꼴을 못 봐주겠다는 듯 하늘을 쳐다보고,

마크한테서   우린 취미 생활에 빠져버린 맬컴을 환영하지 않아,

강물냄새가
         났어,

　　　　　이 모든 소리를 듣는다는 것은 목
마른 일이다, 그 어느 때보다 넘쳐나는 대화들, 그는 그 모든 사랑
스러운 부패를 지켜보느라, 귀에 거슬리고 서정시 같으면서도 현
실적인 하루하루의 허튼소리를 다 들어내느라 무척 목이 마르다,

일종의 트림 같은   그는 아시아 배낭여행을 다녀왔는데도 여전히   예전처럼
      비명,
                        모닥불에 노루를 한 마리 던져,   예

태양 전지판 같은 소리 하네,   프리메이슨이자 파시스트인 필 아저씨,   이
                                                                        오,

레모네이드만 부어줘요 망할 샌디 말고,   멋진 그물 제품,

톰 스토파드 작품을 이 년 동안 상연할 수는 없어,

                                   보험 없이는 교환 불가야 아미고,

그에게 네 아이를 맡겨,   트랩 비트라면 아주 진저리가 나,

비가 올지 한번 보자, 깊은 구멍이 아니라 그냥 균열,

            나는 부활절 모임에서 말을 많이 했어, 쩝쩝대는 소

위컨놀이터에서 비스킷을 주지 않은 충격적 사건,   해피 하드코어 마이네 슈베스터를 부활시키자,

유명인을 만나는 꿈, 토요일에는 알약과 가루약을,

디왈리 축제에 쓸 작은 등을 만들어, 담쟁이덩굴은 낡은 벽의 적,
폴은 기네스 반시는 사과술 그리고 난 스텔라,

　　　그는 소년의 집 부엌을 가만히 들여다보며 그 아이가
우유를 마시는 모습을 지켜보고, 그 차가운 액체가 소년의 뱃속
으로 쏟아져, 작은 물줄기가 되었다가 물웅덩이가 되었다가 연
못이 되었다가 호수가 되는 것을, 그의 내장을 구성하는 세포질
대성당 속으로, 그의 뼛속으로 흘러드는 것을 바라본다. 데드 파
파 투스워트는 소년의 수분 흡수와 영양 섭취에 흠뻑 취했다. 멋
지네, 몸을 휙 돌려 다시 숲으로 돌아가면서, 외양간올빼미 차림
에 자동차 타이어로 된 팔을 달고서, 전신주 사이에 30피트 너비
의 호弧를 그리며 자신의 몸을 내던지면서, 그가 노래를 부른다,
인간이라는 종은 정말이지 아주 멋진 재주를 부리네.

래니의 엄마

로버트는 내가 피트에게 수업료를 주겠다고 다시 제안해봐야 한다고 말했다.

우리는 그 문제로 언쟁을 벌였다.

그는 그레그와 샐리가 함께한 디너파티 자리에서 그 문제를 끄집어냈다.

한번 말해봐, 그가 말했다, 미치광이 피트가 래니한테 공짜 수업을 해주는 게 이상해 안 이상해?

피트를 그런 식으로 부르지 마, 나는 말했다, 왜냐하면 나는 그런 호칭이 끔찍하다고 생각하고, 로버트가 술을 마시며 친구들한테 으스댈 때 드러내는 잔인함을 싫어하니까.

나는 완전히 이상하다에 한 표, 샐리가 말했다.

나는 하나도 이상하지 않다에 한 표, 그레그가 말했다. 그는 피터 블라이스야. 왕년에 꽤나 유명했으니 횡재한 셈이라고. 그리고 만일 둘이 사이좋게 잘 지낸다면, 그리고 그 남자에게 옆에 있어줄 친구가 필요하다면, 뭐가 문제겠어.

'옆에 있어줄 친구가 필요하다'라는 게 바로 문제야. 그건 프로답지 못해, 샐리가 말했다.

내 말이. 손에 든 값비싼 샐러드 집게를 흔들며 로버트가 말한다. 누가 친구가 필요하다는 거야? 피트의 외로움을 달래주기 위해 우리가 아들을 빌려주고 있다는 말이야? 딱하고 늙은 예술가들의 집으로 찾아가 대화를 나눠주는 배달 서비스처럼?

오 집어치워, 로버트, 나는 말했다. 당신의 쪼잔한 세계관으로는 돈이 오가지 않고도 뭔가 훌륭한 관계가 이루어질 수 있다는 사실이 상상이 되질 않나보지?

서로 힐끗거리는 눈길.

어색한 침묵.

어디 한번 계속해봐 로버트, 난 혼자 생각한다, 네 화난 부인과 이상한 아들을 상대해보라고.

오 이런, 여보. 알았어. 난 그저 그 수업이 공식적인 일이 되도록 확실히 해두어야 한다고 생각하는 것뿐이야. 내 쪼잔한 세계관으로 봤을 때, 그러는 게 맞는 것 같거든.

멍청한 샐리가 키득거리며, 소심한 롭, 하고 말했고, 로버트는 롭이라 불리는 걸 질색하기에, 나는 잠시 로버트와 둘만의 매서운 공감의 눈길을 주고받았다.

그리하여 나는 피트네 집 문을 두드렸다.

들어와요, 그가 말했다.

아니에요, 제가 지금 책에 등장하는 중요한 인물 하나를 살해하던 중이어서요. 그냥 이걸 드리려고 잠깐 들렀어요.

이게 뭐죠?

래니의 미술 수업료를 조금 드리려고요.

오 아닙니다, 이러시면 곤란해요.

우리는 그래야 한다고 생각해요, 나는 말했다. 그리고 '우리'라고 말한 내가 자랑스러웠고, 로버트와 나와의 가식적인 연대가 자랑스러웠다.

저는 절대 그러지 말아야 한다고 생각해요, 피트가 말했다. 전에도 말씀드렸다시피, 그냥 봄에 금박 새나 한 마리 사주시면 됩니다. 제가 정말 좋아서 하고 있는 일로 돈을 받을 수는 없어요. 당신 아들은 저를 기쁘게 해줍니다. 그 아이에게는 보는 눈이 있어요. 저는 래니에게 이런저런 것들을 보여주는 게 즐겁습니다.

래니가 좋아해요, 나는 말했다. 자기 방에 앉아서 그림을 그리고 노래를 불러요.

잘됐네요, 피트가 말했다. 오히려 제가 돈을 드려야겠는걸요!

나는 페기에게 붙들려 가던 길을 멈추고 임박한 윤리적 파멸에 대한 수다를 떨지 않기 위해 통화중인 척하며 마을의 거리를 걸어갔고, 로버트가 그런 말—오히려 제가 돈을 드려야겠는걸요!—에 대해 어떻게 반응할지에 대한 궁금증과 내가 듣고 싶었던 것은 바로 그런 말이었다는 사실 사이에서 갈팡질팡하며 상상의 나래를 펼쳤다. 나는 그런 말을 들으며 즐거워하고 싶었다. 나는 그레그와 샐리가 아닌, 피트와 함께 디너파티를 하고 싶었다. 한동안 아무도 말을 하지 않는 디너파티, 서로 읽은 책에 대해 이야기를 나누고, 그러다 누가 잠이 들더라도 이상하거나 별나게 여기지 않는, 그저 느릿느릿하고 온화하게, 느긋하게 받아들여주는 디너파티. 나는 받아들여진다는 개념에 사로잡혀 있다. 나는 학부모 간담회 때마다 묻는다. 래니의 행동이 받아들여지고 있나요? 다른 아이들에게 인기가 있나요? 잘 적응하고 있나요?

그러면 담임 선생님은 말한다. 래니요? 어머니는 래니가 꼭 불법 체류자라도 되는 것처럼 말씀하시네요. 래니는 훌륭해요, 더없이 잘 지내고 있고 인기도 좋답니다. 마치 아주 오래전부터 이곳에서 살아온 사람처럼요.

피트

나는 금속냄새가 싫어요, 피트.

래니가 나와 함께 해칫 숲이 내려다보이는 백악질 절벽 위에 앉아 두 다리를 달랑거리며 중얼댄다. 마을은 열십자형의 격자 모양이고 한복판에는 교회와 술집이라는 두 개의 심장이 자리해 있다. 들판으로부터 피신하여 서로 다닥다닥 붙은 채 온기를 나누는 사백 명의 사람들. 붉은 벽돌집들과 외딴 농장들, 커다란 집, 목재 야적장. 이 지역의 푸른 조각보 같은 외피에 드문드문 흠집처럼 나 있는 한 줌의 꾀죄죄한 농지. 만일 하늘에서 이 마을을 내려다보며 그것을 사람에 비유한다면, 해칫 숲은 그 사람의 머리카락에 해당할 것이다. 우리가 앉아 있는 이곳은 그 사람의 머리 꼭대기일 것이다.

금속냄새를 맡으면 겁이 나요, 래니가 말한다.

그 순간 나는 다시 아이가 되어 내 손바닥의 냄새를 맡는다.

피맛이 나는 철, 동전, 못과 핀.

탄환을 장전하고 녹슨 경첩을 벌린 채 웃고 있는 군인들.

그때 그 금속냄새가 내 입술과 손가락에 여전히 남아 있다.

아버지는 일요일마다 내게 동전 세는 일을 시키곤 하셨다. 기억이 딱딱하고 먼지 긴 배의 방향키처럼 휙 돌아가더니 굉음과 함께 미끄러지듯 나아가며 바람을 받는다.

세상에, 래니, 나는 말한다. 나도 금속냄새가 싫단다. 나는 내 손에서 나는 금속냄새를 혐오해.

왜 사람들이 아저씨를 미치광이 피트라고 부르는 거죠?

하! 나도 모르겠구나, 친구야. 거대한 폭풍우가 마을을 휩쓸고 간 후에 내가 크리켓 구장 옆의 나무들을 전부 석고로 덮어놓은 일도 썩 좋은 인상을 주지는 못했겠지. 어쨌거나, 나는 신경 안 써. 미치광이 피트. 악당 피트보다는 낫잖니.

아니면 낙오자 피트보다는요.

그래, 맞아. 하지만 공평하진 않지, 이 마을의 몇몇 사람들이 씨발—욕을 해서 미안하구나—얼마나 미쳐 있는지를 떠올려본다면 말이야.

진 쿰처럼요.

내 말이 바로 그 말이야! 진은 일 년 내내 산타클로스 복장을 하고서 버드나무 소쿠리에 골프채를 넣고 다니는데 아무도 미치광이 진이라고 부르지 않잖아.

래니의 아빠

나는 깬 채로 분기별 배당금과 올림픽 여성 사이클 선수들에 대해 생각하고 있다. 그러다 여우의 짓이라고 하기에는 너무 크고, 사람의 짓이라고 하기에는 너무 작은, 자갈 밟는 소리를 듣는다. 나는 침대에서 뛰쳐나와 방을 조용히 가로질러가서 커튼 밖을 엿본다.

대체 뭐지?

나는 다급히 침실을 살금살금 가로질러 층계참에 이른 다음, 삐걱거리는 소리를 내지 않으려 애쓰며 계단을 내려간다. 내가 왜 이렇게 비밀스레 행동하는지는 잘 모르겠다. 부엌을 지나 열려 있는 뒷문 밖으로 나간다.

래니가 진입로 맨 아래에서 잔디 쪽으로 방향을 튼다.

나는 적당한 거리를 유지하며 따라간다.

래니가 떡갈나무 고목 쪽으로 걸어간다.

그애는 무릎을 꿇은 채 거기 귀를 갖다댄다. 이 모든 장면 위에 보안등의 불빛이 드리워 있다. 아름답다. 마치 영화 세트장처럼.

래니가 나무 밑동에게 이야기를 하며 드러눕는다.

나는 래니가 놀라지 않도록 무거운 발소리와 기침소리를 내며
주위를 서성인다.

래니? 래니야, 너 몽유병이 있구나.

그가 푸른 눈을 번쩍이며 완전히 깨어 있는 상태로 나를 향해
고개를 돌린다.

우와, 저한테 몽유병이 있다고요?

뭐라고? 글쎄, 모르겠구나. 대체 여기서 뭘 하고 있는 거니?

저 안 자요, 아빠!

그래, 이제 보니 그런 것 같구나, 래니. 그런데 여기 나와서 뭘
하고 있는지 모르겠다. 아빠는 네가 몽유병에 걸린 줄 알았어.
지금은 한밤중이잖니.

나무 안에서 여자애 목소리가 들렸어요.

뭐라고?

이 나무 아래에 여자애가 살고 있어요. 수백 년 동안 여기서 살았대요. 부모님이 자기한테 못되게 굴어서 이 나무 아래에 숨은 다음 다시는 나오지 않고 있는 거래요.

알았다, 우리 괴짜. 어서 가자.

나는 래니를 들어올리고, 아이는 아무런 반항도 하지 않는다. 몸이 얼음처럼 차갑다.

함께 다시 진입로를 자박자박 걸어올라가면서 나는 말한다. 래니, 어두울 때 밖을 돌아다니면 안 돼.

아빠는 그 여자애 목소리를 들어본 적 있어요?

아니. 아빠 생각에는 너의 상상 같구나. 나무 안에는 아무도 살지 않아.

나는 아이를 위층으로 데려가 침대에 눕힌 다음, 이불을 덮어주고 그 위에 담요도 덮어주고는 북극곰 인형을 건넨다.

아빠?

이제 자렴.

아빠?

왜 그러니, 래니?

생각이랑 희망 중에 어느 쪽이 더 인내심이 강할까요?

나는 갑자기 짜증이 확 치민다. 이 아이는 이따위 질문을 하기
에는 나이가 너무 많다. 아니면 너무 적거나. 정말이지 어처구니
가 없다.

자렴, 래니, 그리고 침대 밖으로 나오지 마. 내일 아침에 다시
이야기하자.

나는 잠이 깬 채로 누워서, 차가운 잔디 위에 드러누워 나무에

게 속삭이고 있는 내 아들을 떠올리며 걱정을 한다. 생각이랑 희망 중에 어느 쪽이 더 인내심이 강하냐고? 얘는 대체 뭐가 문제지?

피트

그것은 래니의 아이디어였다. 그애가 차에서 가족들과 하는 게임. 우리는 각자 한 번에 한 문장씩 말하며 이야기를 만들어내야 한다.

우리는 그릇에 담긴 자두 몇 개를 그리고 있고, 나는 래니의 속도를 늦춰보려 애쓰는 중이다. 나는 만일 종이 위에 그린 게 실제로 보이는 것과 다르더라도 놀라지 말라고 일러둔다. 다시 시작해보렴. 천천히. 손목에 힘을 빼고. 나는 래니에게 세상에서 가장 잘 그린 자두는 그것을 그린 예술가가 본 그 어떤 자두와도 전혀 닮지 않았을 수 있다고 말해준다. 그저 자두를 바라보면서 자두 자체의 존재감, 지금 이 공간 안에 물리적으로 존재하는 자두의 본질, 자두에 부딪힌 후에 네 눈으로 들어오는 빛에 대해 생각해보렴. 그리고 시험삼아 스케치를 몇 개 해본 다음 그중 어

떤 게 자두처럼 느껴지는지 보고, 하나를 골라 자연스럽게 형상
화해보렴, 억지로 강요하진 말고.

래니가 한쪽 눈썹을 치켜세우더니 자두를 쳐다본다. 완전히
무방비한 상태로 우리가 함께 쏘아대는 눈빛을 받으며 그릇에
담겨 있는 저 자두들이 거의 측은하게 느껴질 지경이다.

내가 게임을 시작한다:

옛날 옛날에 에이블 스테인이라는 남자가 살았습니다.

그러자 래니는 한 치의 망설임도 없이 말한다, 에이블 스테인
이야기.

그게 네가 말할 문장이니, 아니면 그냥 중간에 끼어든 거니?

죄송해요, 래니가 말한다. 이 이야기를 그렇게 부르면 좋을 것
같아서요. 괜찮은 제목이에요.

과연 그렇구나.

나: 이것은 '에이블 스테인 이야기'입니다. 옛날 옛날에 에이블 스테인이라는 남자가 살았습니다.

래니: 그에게는 딸이 세 명 있었는데 셋 다 정말 예뻤습니다.

나: 하지만 못됐었죠. 셋 중 둘은 못됐고, 하나는 착했습니다.

래니: 착한 딸의 이름은 바버라였습니다.

나는 낄낄 웃는다.

미안, 미안, 래니. 좀 놀라서 그런 것뿐이야. 이름이 바버라일 거라곤 전혀 예상하지 못했거든. 잠깐만, 맥주 좀 가져오마.

나는 식품 저장실로 가서 흑맥주 한 병을 딴다. 내가 돌아왔을 때 래니는 머리를 얼굴 위로 전부 쓸어내린 채, 마치 골루아즈를 끼운 담뱃대를 문 것처럼 연필을 입에 대고 뻐끔거리며 말한다.

안녕하세요오오, 제 이름은 바버라이고요, 저의 못된 자매들보다 훨씬 착하답니다.

나는 크게 웃음을 터뜨리며 멋지게 윤곽을 그려놓은 나의 자두 그림에 온통 맥주를 뿜는다.

데드 파파 투스워트

  그는 이끼 양말에 자갈 섞인 시멘트 외피 차림으로 어둠 속을 드나들며, 마을회관에서 열리는 연례 그림 대회에서 그려진 자신의 모습을 자세히 들여다본다. 푸른 이파리로 무성한 얼굴에 맥주 꼭지 같은 주둥이가 달린 투스워트는 더이상 찾아볼 수 없다. 이것들은 데드 파파 투스워트의 코믹 버전이다. 총을 들었거나, 송곳니를 지녔거나, 손에 칼이 달린 고약하고 매력 없는 것들. 허리에 죽은 토끼 여러 마리를 감고 있는 모습을 그린 그림도 하나 있다(그때가 좋았지). 하지만 이것들, 이 짐승들은 주입된 공포, TV 속 두려움의 대상, 게임과 만화에 기반한 것이지, 진정한 믿음에 기반한 게 아니다. 그는 마을 아이들이 자신을 푸른 잎으로 무성한 존재, 악몽 같은 주일학교의 어두운 틈바구니에서 태어난 존재, 입안에서 덩굴손이 빽빽하게 자라 나오는 존재, 위협과 고통의 덩굴손이 하나가 되어 자라나는 존재, 나무귀신, 삼촌과 아빠, 산사나무와 홉 열매의 왕, 수확의 희망, 기근의 위협으로 그리던 시절에 자신이 얼마나 더 무시무시했는지를 기분좋게 회상한다.

기도를 하고 행실도 바르게 하렴, 안 그럼 데드 파파 투스워트가 널 잡으러 올 테니.

  어떤 그림은 그를 단지 수염을 기른 채 웃고 있는 노인으로 그려놓았다. 충격적이다. 데드 파파 투스워트가 활짝 웃으며 속삭인다. 아주 훌륭한걸.

그야말로 반달리즘이잖아.

외래종 딱따구리. 더 값싼 사제복.

그녀는 그 배우 있잖아 그 사람 나오는 영화에 출연했고 그는 금융권

윌리스 자매는 점액종증이 뭔지 몰랐어. 실은 한 번도 페인트 밑칠을
또다른 추첨 채권으로 수익을 얻었어.
한 적이 없는데,

잔디든 덮개든 울타리든 말만 하세요.

오래된 탄광에 관한 폴의 그리 흥미롭지는 않은 강의.

무인 간 할아버지, 밴드 연습해야지 구린내 나는 멍청이들아, 덜 지저분한 의회 승합차,

코브 클로즈에서 누가 부인한테 정기적으로 소리를 질러대.

동반자 없는 미성년자 승객들.

글렌다와 나는 종 당김줄 혁신 프로젝트에 대한 지지를 철회할 거야.

농업 상담소 같은 소리 하고 있네.

오스카랑 마리화나 피울 거야 너도 와.

우회로에 이르기 전에 폴짝폴짝 뛰어가는 개구리들이 보일 거야,

십 년 사이 최악의 식물 판매량.

또다른 그림 속에서 그는 수액이
뚝뚝 떨어지는 그루터기 손을 달고 있고 단어들에 둘둘 감싸여

있는데, 그것은 사람들이 더는 예수의 절망적인 생애에 대해 이야기하지 않기 때문에 이제는 만들지 않는 기도용 누비 두루마리를 닮았다,

탁탁, 똑똑, 도마를 들고 투스워트가 온다

　　　탁탁, 똑똑, 그는 네 뼈로 수프를 끓이고 육수를 우릴 거야

　　　그래 그는 월급이 많지만 그 학교는 교육청에서 높은 평가를 *받았어!*

이제 그만 안녕 드라마 볼 시간이라서,

　오만한 대머리 경卿과 그의 멍청한 금발 애인,

　　　새에 굶주린 짐승의 후예, 유일한 해결책은 *철조망이야,*

　　그는 자기 사브를 　우린 천천히 기르고 재빨리 죽이지,

　세차중이야, 로컬 맥주는 쓰레기야 엿 같은 맛이라고,

　그 꼬마는 괴 짜 야, 　성스러운 성찬식 밤의 노 래,

　베이스 라인 베이스 라인 야단법석을 떨 때가 아니라고,

　보언네 꼬마가 킥플립을 연습하며 내는 끝없는 딸각 쿵 퍽 소리,

썩어가는 다람쥐 시체로 막힌 배수구,

　정원 가장자리를 다채롭게 바꿔줄 사람으로 기운찬 베로니카를 *추천해,*

　　　　　　수채화 협회의 즉석 모임,

정신 나간 얼간이 노친네, *제금만 제대로* 낸다면 전혀 신경 안 써,

　약간의 경쾌한 장식적 가지치기,

그는 부엌에서 풍겨오는 냄새에 몸을 싣고 마을을 떠난다, 빙빙 돌고 서핑을 하면서, 공중에 부드럽게 퍼지고 공중을 휘감으면서, 제니의 라자냐에서부터 라턴의 전자레인지용 스트로가노프, 데릭의 일인용 핫포트를 거쳐 나아간다. 참으로 그윽한 소스, 정말로 풍부한 설탕, 이렇게 다채로운 냄새가 났던 적은 없었다. 향기로운 소스로 덮인 그리 신선하지 않은 고기 냄새, 그는 소리 내어 웃는다. 마을의 바쁜 일벌들은 우습게도 계속 입안에 먹을 걸 쑤셔넣어가며 이런저런 것들을 끊임없이 재건하고 교체하고 있다. 그들은 모두 쇼핑백과 쓰레기봉투에 불과하다. 그는 팸 포이가 휘젓고 있는 잘프레지 소스 냄새에 기분이 매우 불쾌해진 나머지, 악몽으로 된 자신의 외피를 조금 찢어서 그것을 그녀의 집 창문 틈으로 밀어넣는다. 정말로 지독한 꿈. 잘 자렴 팸. 공중에 뜬 채로 들판을 가로질러 집으로 돌아가면서 그가 킬킬거린다.

래니의 엄마

래니를 학교에서 집으로 데려온 다음 자리에 앉아 작업을 하는데 얼마 후 아이의 방에서 쿵쿵거리는 소리가 들려 위층으로 올라가 말한다. 어 엄마는 네가 피트에게 간 줄 알았는데, 오늘은 안 가니?

래니는 침대에 앉아 있다. 나를 올려다보는 아이의 얼굴이 불 앞의 종이처럼 저절로 구겨지더니 갑자기 울음이 터진다.

래니? 나는 아이 앞에 무릎을 꿇은 채 황금빛 솜털이 난 그의 작은 무릎, 멍들고 잔디 얼룩이 묻은 소년의 무릎에 손을 올린다.

래니, 왜 그러니?

래니는 손으로 눈가를 문지르며 눈물을 훔치더니, 눈물에 젖은 손을 말아 주먹을 쥔다.

아무것도 아니에요.

래니, 왜 그래? 엄마한테 말해보렴.

제가…… 아니에요.

우리 귀염둥이. 대체 무슨 일인데 그러니? 엄마한테는 다 말해도 괜찮아.

래니는 호흡을 가다듬고 몸을 부르르 떨면서 눈물과 콧물로 범벅이 된 얼굴을 닦는다.

제가 피트의 물건을 망가뜨렸어요.

래니는 너무 당황한 나머지 몸을 잔뜩 웅크리고 있다. 그의 작은 콩 같은 우아함은 호리호리하고 여윈 불안감으로 바뀌어 있고, 순간 내 머릿속에 래니는 그저 나이를 먹어가고 있을 뿐이라는, 요정의 외피를 벗어버리고 있을 뿐이라는 생각이 휙 스쳐간다. 나는 십대가 된 래니의 모습이 머릿속에 그려지지 않는다.

나는 이 소년이 자라서 어른이 된다는 게 상상이 되지 않는다.

망가뜨린 게 뭐니?

빅토리아시대 스테레오 어쩌고 하는 거요.

스테레오?

아뇨, 눈을 대는 상자가 달려 있는 신기한 입체 사진 기계인데, 상자 부분이 떨어져서 유리가 깨졌고, 저는 그걸 다시 제자리에 두고는 아무 말도 하지 않았어요.

스테레오스코프, 그러니까 입체경 말이니?

사진 두 개가 입체가 되는 거요.

사랑하는 래니. 우선, 그 일은 사고였어. 그리고 피트는 너를 아주 좋아하니까, 그냥 솔직히 말했어도 괜찮았을 것 같구나. 솔직한 게 늘 최고란다.

그러니까요! 하지만 저는 피트에게 말하지 않았어요. 그냥 몰래 빠져나왔어요. 거짓말쟁이처럼. 그건 아주 무례한 짓이에요.

이제 그만 됐어. 그게 그렇게 무례한 건 아니야. 자, 지금 엄마랑 같이 가보자.

우리는 아래층으로 내려가서 신발을 신고 출발한다. 성큼성큼 길을 걸어간다. 우리는 대화를 나누진 않지만, 래니는 몇 년 만에 처음으로 내 옆에 딱 달라붙어 있다. 순종적이고 초조해하는 그는 내가 평소에 알던 자유로운 장난꾸러기 아들이 아니다.

우리는 문을 두드린다.

피트가 밝고 흰 양팔을 드러내며 문을 연다. 석고가 묻은 양팔.

마에스트로! 나는 네가 날 바람맞힌 줄 알았구나. 마에스트로의 어머니! 여기까지 어인 행차이신지요?

우리는 안으로 들어가고 피트는 팔을 씻은 다음 철사로 만든 뼈대 위에 작업하던 백악질처럼 새하얀 두개골을 우리에게 보여준다. 그는 차를 준비하고 우리는 그의 식탁에 앉는다.

피트, 래니가 당신한테 자백할 게 있대요.

오 맙소사 불길한 예감이 드는구나. 그동안 내 귀중한 미술품들을 훔치기라도 했던 거니?

곧이어 첼로의 선율 같은 순간이 펼쳐진다. 따스한 목질로 되어 있고, 다른 많은 것들이 어우러진 소리. 아무도 말하지 않지만 우리는 모두 듣고 있다.

래니는 안절부절못한다. 피트는 신뢰가 가득 담긴 반짝이는 푸른 두 눈으로 나를 바라본다. 그는 옛 콘월 지방의 낚싯배를 떠올리게 한다.

피트가 미소를 짓는다. 어서 말해보렴, 얘야, 초조해서 숨이 넘어갈 지경이구나.

제가 아저씨의 입체경을 망가뜨렸어요.
나의 뭐?

제가 눈을 대는 부분을 가까이 모으려고 만지작거렸더니 위쪽

부분이 통째로 떨어지면서 안에 있는 유리가 깨졌어요.

래니. 입체경이라고?

피트가 격노한 척 짐짓 눈알을 부라리며 주먹을 움켜쥔다.

이런 세상에나, 래니, 그 입체경, 내 소중한 입체경은 우리 할아버지의 아버지의 아버지의 누이가 옥스팸 중고 가게에서 사서 대대로 물려준 물건이고 가격은 무려 4파운드 50펜스나 해. 네가 그걸 망가뜨렸든 어쨌든 나는 쥐똥만큼도 신경 안 써. 세상에, 난 또 무슨 큰일이라도 난 줄 알았구나!

래디시처럼 발그레해진 래니가 시선을 피트에게서 내 쪽으로 돌리더니 킥킥 웃기 시작한다.

음, 휴우?

휴우! 피트가 말하고는, 큰 웃음과 함께 식탁을 두드리며 손을 뻗어 래니의 머리를 살짝 친다.

휴우우우우우, 나는 말한다. 거봐, 우리 귀염둥이, 엄마가 뭐랬니? 그렇게 죽상 지을 필요는 없다고 했잖아.

위기를 넘겼구나, 피트가 말한다. 그럼 이제 그 작은 소매를 걷어올리고 나와 함께 난장판을 벌여볼까.

데드 파파 투스워트

74대째 문화적 부엽토를 면밀히 살펴오고 있는 지역 역사학자 데드 파파 투스워트가 밝은 오렌지색 환타 병뚜껑에게 마을 투어를 시켜주고 있다.

계속 따라와, 친구. 아직 볼 게 많다고.

그가 성대모사를 한다

(이곳에는 아주 최근까지만 하더라도, "어이 수사슴", 독특한 억양이 존재했고, 너는 마을 사람들의 말에 여전히 그 억양이 남아 있는 것을 느낄 수 있을 거야).

그는 자신의 말에 마음을 빼앗긴 플라스틱 뚜껑에게 과거의 이야기를 들려준다. 그는 이야기들을 소생시키고 마을의 기억을 이루는 분자들로부터 이야기를 끌어낸다.

여기서부터 들장미가 펼쳐져, 예전에는 온통 개암나무였지, 호랑가시나무도 조금 있었어, 덴마크 도끼, 핍은 손가락 하나를 잃었어. 지금 이곳 발밑에 마을의 옛 도로가 있었어. 우리의 흑사병 파티가 있기 이전에. 여기 튀어나온 이 부분은 심지어 나도 기억나지 않는 주택의 뒷벽이고 여기에는 다른 지역의 돌로 만든 유명한 세례반이 있어. 이곳은 전부 탁 트인 벌판이었지. 마틸다가 윌렐머스에게 올라타 그의 작은 무기를 꺾어버렸어. 반에이커에 걸쳐 두른 산울타리, 꼴사나운 쟁기로 경작한 작은 땅뙈기, 산사나무가 자라기 시작했어. 계속해서 반반씩. 여기 연못이 있었어. 여기 자신의 백부장에게 강간을 당한 로마 병사가 있었어. 우리가 방앗간으로부터 7마일 떨어져 있다는 사실이 우리의 존재를 규정했어. 내 왼쪽에 너도밤나무가 있었어—오른쪽에도 너도밤나무가 있었어—나를 매장할 때 쓸 너도밤나무 관—내 부인을 위한 너도밤나무 관. 아 그래 그때가 좋았지. 그래 산울타리를 장식한 그 작고 예쁜 검정 봉지들은 실은 브라이언과 페이와 그들이 기르는 비글이 호의로 베풀어준 개똥 봉지야. 우리는 시청료를 냈어. 우리는 세금을 냈어……

정말이지 아름다운 곳이야. **환타 뚜껑이 끼어든다**……

아름답다고? **투스워트가 투어를 중단하며, 바람이 잘 통하는 청록색 재킷 차림으로 방수 지도를 들고 있는 유명한 영국 시인의 모습을 취하며 소리친다**:

이봐 반半합성 물질 친구, 대체 뭐가 아름답다는 거야? 질병,

부패 그리고 착취가? 사소한 해악, 싸움과 쓰레기 투기, 갑작스레 파이프를 타고 내 물침대로 흘러드는 호수만큼 많은 화학물질, 탐욕과 쇠락, 설교 가르침 울음 죽음 그리고 빌어먹을 개 산책, 번식과 욕구와 노력의 태피스트리 그리고……

플라스틱 환타 뚜껑은 둥근 머리로 조용히 휘파람소리를 내며 발라드를 부르고 있다. 그는 지루한 투스워트, 과장된 오디오 가이드 투스워트의 말을 더는 듣고 있지 않다.

로저 드 세인트 존은 한때 산울타리를 둘러보기 위해 말을 타고 이 길을 달리며 "계곡까지 이어지는 멋진 길이군"이라고 말했다지, 밀렵하기 좋은 탁 트인 시야, 뭔가에 홀려 일 년에 1야드씩 이동하는 마가목, 색슨족 경계선, 콘크리트로 된 사일리지 저장고, 한 명의 선생이 감당하기에는 너무 많은 아이들, 매해 더 커지는 사생활 존중에 대한 요구, 초고속 브로드밴드, 발기부전과 우울증 치료제, 불안한 경계들, 수입 야채들, 팽창주의에 대한 향수,

데드 파파 투스워트는 산들바람에 몸을 흔들고, 수세기에 걸쳐 주름진 그의 추억은 그를 온통 아이 쪽으로 기울어지게 한다; 1426년에 태어난 힘센 헨리 베레스퍼드는 평생 삼천 그루의 떡갈나무를 쓰러뜨렸어, 그리고 소년은 그 노력과 노고를 이해하지. 1956년에 태어난 교활한 자일스 모건, 부엌과 친환경 다락방

개조를 위한 풍부한 자연광 공급 업자인 그는 폐병으로 침대에서 죽을 거야. 그리고 소년은 그것이 순리에 맞고 공정한 일임을 알지. 1694년에 태어난 코흘리개 제니 새비지는 마녀가 아니었어, 전혀 그런 존재가 아니었지, 단지 호기심 많은 요리사에 불과했어. 그리고 소년도 그렇다는 걸 느끼지, 그들이 죽은 지 수세기가 지났는지 아니면 지금 바로 옆집에 살고 있는지도 모르면서 그렇다는 걸 알아. 소년은 이해해. 그는 그들 모두에게 주는 선물로 숲에 마법의 야영장을 만들어. 그들은 그를 숭배해야 마땅해! 그는 영속적인 것과 조화를 이루는 존재야, 잡아 늘일 수 있는 공동체의 뼈대를 느낄 줄 아는 존재야.

너는 알겠니? 그의 직관력을?

초록나무 래니, 너의 경이로운 늑골을 보면 꼭 내 모습을 보는 것 같아.

나랑 비슷해. 너는 그걸 알겠니?

환타 뚜껑은 사라졌다.

투스워트는 혼자다. 그는 아주 작다, 개똥지빠귀의 붉은 가슴에서 뛰는 맥박처럼. 아니 그보다 더 작다, 개똥지빠귀가 오전에 머물다 날아간 자리에 남은 텅 빈 대기, 티끌처럼 남아 있는 그 맥박에 대한 기억처럼. 그는 빛보다 더 작다.

그 소년은 내가 누군지 안다.

그는 내가 누군지 정말 진정으로 안다.

피트

우리는 숲속에 있다. 선택권이 주어지면 래니는 언제나 숲을 고를 것이다.

나는 우리를 염탐할 목적으로 온실에 사악한 토끼를 기르는 이상한 윌리스 자매에 대한 이야기를 들려주었다.

래니는 어떤 사람이 착한지 나쁜지를 훤히 꿰고 있는 숲에 대한 이야기로 곧장 응수했다. 괜찮은 사람이면 숲은 그를 살려줘요. 그리고 물과 음식이 있는 곳으로 인도하죠. 나쁜 사람이면 숲은 그를 하루 만에 죽여요, 숲은 온 힘을 합쳐 부도덕한 사기꾼을 처단하죠.

대도시에 대해서도 똑같이 말할 수 있겠구나, 나는 말한다.

나는 스케치북에 스케치를 하고 있다. 새로 구입한 좋은 사인펜, 선을 그어 만든 음영, 이런저런 잡동사니들, 외투에 폭 감싸인 기분을 만끽하면서, 너도밤나무의 옹이투성이 배꼽을 그리고 있다. 그것은 위에서 내려다본 오래된 언덕일 수도 있고 나무의

혹일 수도 있다. 나는 래니에게 한 번 그으면 지울 수 없는 펜을 사용하는 즐거움을 알려주려 하고 있다. 래니는 지우는 일에 열광하니까. 그에게 계속 쌓아나가는 법, 어두운색을 사용하는 법, 잘못 그렸을 때 노력을 통해 다시 되돌리는 법을 가르쳐주려 하고 있다. 나는 그가 펜을 쓰는 걸 즐기길 바란다. 손목에 힘을 좀 빼길 바란다. 그런데 잠깐, 래니가 어디로 갔지?

래니?

나 혼자뿐이다.

옆에는 그의 스케치북이 펼쳐져 있다. 대기 중에 불안한 기운이 감돈다. 뭔가 죄책감을 불러일으키는 기운이. 숲에서 사슴 한 마리와 마주쳤는데 사슴은 곧 사라지고 나는 거기 남겨진 채 사람들의 요란한 발소리와 함께 서 있을 때, 그런 순간에 느껴지는 수치스러운 기분처럼.

오 맙소사 래니를 잃어버리다니.

어디로 사라진 거지?

래니?

그때 내 머리 위 저 높은 곳에서,

이 위에 벌이 있어요!

이 위에 벌이 있어요!

피트, 이 위에 벌이 있어요!

래니는 50피트 위에서 거대한 밤나무의 꼭대기 부근을 기어오르며, 마치 트롱프뢰유* 속에 보이는 천사, 숲의 돛대 위로 올라간 천사처럼 작아져 있다.

그의 위로 보이는 군청색 하늘에는 새매 한 마리가 점처럼 박혀 있다.

거기 꼼짝 말고 단단히 붙어 있거라, 요 괴짜 녀석, 아저씨가

* 실물로 착각할 만큼 정밀하게 그린 그림.

널 그려줄 테니!

래니의 엄마

평소대로 기이한 송신기처럼 웅얼거리고 칙칙거리는 소리를 내며 래니가 들어온다. 나는 그애가 어깨 너머로 소설을 읽지 못하게 문서창을 최소화한다. 소설의 주인공이 부패한 정치인을 달려오는 기차 앞으로 밀어버린 다음—몇 시간이 지난 후—작은 두개골 파편이 자신의 빅토리아 앤드 앨버트 박물관 토트백에 붙어 있는 걸 발견하는 장면.

안녕 우리 귀염둥이, 엄마는 네가 아치와 토비랑 축구를 하고 있는 줄 알았는데?

아뇨, 싫증났어요. 비밀 하나 알려드릴까요?

비밀 좋지, 어서 말해보렴.

피트한테는 말하려다가 그냥 나중에 놀래주고 싶어서 참았고요. 아빠는 화를 낼 것 같아서 말해주고 싶지 않아요.

그렇구나, 그런데 왜 엄마는 화내지 않을 거라고 확신하는 거야?

엄마는 크게 화를 낸 적이 없으니까요.

오늘이 바로 그 첫날이 될지도 모르지, 자, 뭔데 그러니?

숲속 은신처를 만들고 있어요.

뭐라고?

정원사새가 짓는 둥지 같은 거요. 제가 발견한 가장 멋진 물건들로 채운 야영장을 만들고 있어요. 마법의 물건들로 가득한 작은 박물관 같은 것을요.

아, 그래. 무슨 말인지 알겠구나. 정원에 만드는 거니? 벌써 시작했어?

아뇨, 비밀 장소에 만들어요. 시작한 지는 한참 됐고요.

아치가 도와주니?

아뇨. 어림도 없죠.

그런데 정원사새는 암컷을 꾀려고 둥지를 만들잖아, 그렇지? 여자를 감동시키려고 말이야. 그 행운의 암컷 새가 과연 누군지 엄마가 물어봐도 될까?

어어, 아니에요. 그곳은 모두를 위한 공간이에요. 마을 사람들 전부와 그곳을 발견해내는 모든 사람들을 위한 공간이에요. 사람들이 모든 것들과 사랑에 빠지도록 하기 위한 공간이에요. 이건 제가 지금껏 세운 계획 중에 가장 커다란 계획이에요.

네 '마법의 주문 책' 계획보다 더?

사실은 거의 같은 거예요. 그냥 장소가 바깥이라는 게 다를 뿐이죠. 그리고 제가 차고에서 끈이랑 불쏘시개랑 비닐 시트를 좀 훔쳤어요. 죄송해요오오……

래니는 노래를 부르며 어디론가 스르르 사라지고, 나는 내 끔찍한 소설이 담긴 문서창을 다시 띄우고는 타자를 치고 치고 치고 또 치다가 어리둥절함과 기쁨이 묘하게 뒤섞인 상태로 래니가 나의 뮤즈라는 사실을 깨닫는다.

래니의 아빠

피트에게서 들은 숲속 부랑자에 얽힌 유령 이야기를 큰 소리로 외쳐대며, 래니가 잠에서 깼다.

그 인간이 래니의 머릿속에 대체 뭘 집어넣고 있는 거지? 나는 그녀에게 물었다.

그래, 난 당신이 TV를 보거나 이메일을 체크하면서 그 사람을 아무렇게나 화제로 올릴 때가 훨씬 좋아.

뭐라고?

아무것도 아니야, 잠이나 자.

이제 이렇게 자리잡힌 지도 꽤 됐다: 매혹적인 피트, 재미없는
아빠.

실은 맞는 말이다.

나는 토요일 점심시간에 래니를 데리러 그 집에 갔다가 피트
영감과 둘이 이야기를 나누었다. 그가 기다란 중밀도 섬유판에
그림을 그리고 있는 모습을 본 나는 도움을 자청했고, 그동안 래
니는 바닥에 테이프로 고정되어 있는 종이에 거대한 미노타우로
스를 그렸으며, 피트와 나는 이런저런 이야기를 나누었고, 그가
내게 판자 위에 그린 그림을 멋지고 부드럽게 마무리짓는 법을
알려주었고, 그는 콧노래를 흥얼거렸고, 우리는 판자 옆으로 흘
러내리는 물감을 번갈아가며 걸레로 훔쳤으며, 한 시간이 지나
자 아내가 우리를 데리러 와서 왜 점심을 먹으러 오지 않았느냐
고 물었고, 그래서 피트는 빵 한 덩어리와 체더치즈 한 덩어리를
꺼냈고, 우리는 먹었고, 래니는 피트로부터 이따금 조언을 들으
며 자신이 그리는 거대한 짐승에 생기를 불어넣었고, 그런 다음

우리는 떠났고, 우리는 페기를 만나 할리 레인에 소파를 불법 투기한 사람이 기소될 가능성에 대해 십 분간 수다를 떨었고, 집에 도착해서 맥주를 한 병 딴 후에야 나는 그게 지난 수년간의 내 인생에서 최고의 몇 시간이었다는 걸, 그러는 동안 일에 대해 생각하지 않았다는 걸, 휴대폰을 확인하지 않았다는 걸, 그림 그리는 것을 즐겼다는 걸 깨달았으며, 그러고는 그날 오후 어느 땐가 그녀와 함께 몰래 위층으로 올라가 제대로 된 긴 섹스, 킥킥거리며 아무 스트레스도 없는 자연스럽고 장난스러운 섹스를 했고, 마을에서 살아가는 인생에 만족했다.

래니의 엄마

우리가 처음 여기로 이사왔을 때 나는 우울했다. 래니를 낳고 한동안 아팠었는데, 그때의 감정이 다시 찾아왔다. 공허하고, 움츠러들고, 쫓기는 느낌. 끔찍한 악몽에 시달렸다. 누군가가 계속 날 지켜보며 평가하는 듯한 기분이 들었고, 심지어 들판과 숲으로 산책을 나갔을 때도 일거수일투족을 관찰당하는 기분이 들었다. 나는 시골로 오면 저절로 평온함을 찾을 수 있을 거라고, 혹은 저절로 평온함이 찾아올 거라고 기대하며 그곳으로 이사하는 런던 사람들의 순진함을 저주했다.

내가 가장 먼저 알게 된 사실은 마을이 시끄럽다는 것이었다. 시끄러운 새들, 시끄러운 학교 운동장, 시끄러운 농기구, 누군가가 끊임없이 두드려대는 문, 시도 때도 없이 들려오는 쿵쿵거림과 쾅쾅거림. 이사온 첫 달에 나는 목초지가 바라보이는 벤치에 앉아, 래니가 학교에서 돌아와 내게 살아가는 법을 알려주길 겁에 질린 채로 기다리곤 했다. 그리고 한 번인가 두 번 장난전화가 걸려왔다. 그러니까, 누군가가 내게 전화를 걸었다. 로버트가 직장에 갔을 때, 내가 집에 혼자 있을 때만 전화벨이 울렸고, 전화를 받으면 상대방은 아무 말도 하지 않았다. 거친 숨소리나 상스러운 말은 들리지 않았지만 수화기 너머에 누군가가 있다는 사실만은 확실했다. 때로 무언가가 바스락거리거나 움직이는 소리가, 거기 아무 말도 하지 않고 있는 누군가가 있다는 느낌이 전해지곤 했는데, 어쨌든 나는 그게 내가 집에 혼자 있음을 아는 누군가의 소행이라는 확신이 들었다. 하지만 로버트에게는 말하지 않았다. 그는 안 그래도 계속 문단속을 하고 사람들이 자신을 훔쳐보고 있다고 생각하는 등 한밤중에 호들갑을 떨곤 했기 때문이다. 그는 적응해나가고 있었다. 심지어 문득 그게 로버트일지도 모른다는 생각, 그가 직장에서 전화를 걸며 카펫이 깔린 도시의 복도에서 자신의 아내를 스토킹하고 있을지도 모른다는 생각이 들기도 했다. 어쨌거나 어느 순간부터 더이상 전화는 걸려오지 않았다. 어쩌면 나는 지나치게 침착히 대응함으로써 겁먹은 주부의 역할에 부응하지 못했는지도 모른다.

어느 날 아침 나는 작은 비명소리를 들었다. 고통에 찬 소음. 낑낑대는 동물의 소리. 어디서 들려오는 소리인지 알 수 없었다. 어떻게 하면 좋을지 몰랐다. 나는 시골 생활 상담 번호 같은 게 필요하다고 느꼈다: 여보세요, 작은 비명소리가 들려요, 작은 짐승이 낑낑거리고 있어요, 그리고 저는 우울증을 앓는 실직한 배우이고 제 남편은 암소랑 멧돼지도 구분할 줄 모르는 전형적인 도시 촌놈이에요.

그것은 배수구에 갇힌 고슴도치였다. 어떻게 거기 들어갔는지 이해할 수 없었다. 그것은 괴로워하고 있었다. 죽어가고 있었다. 나는 배수구 뚜껑을 여는 법을 알지 못했다. 고슴도치를 꺼내줄 방법이 없었다. 그것을 고통에서 벗어나게 해주기 위해 총으로 쏴야겠다고 생각했지만, 물론 내게는 총이 없었다. 영국왕립동물학대방지협회에 전화를 걸어야 할지 고민했지만, 그러면 그들이 날 비웃을 것만 같았다. 도둑맞은 개들과 상처 입은 매들도 있는데, 이곳 주변의 토지를 소유한 허황된 미치광이들, 그 승마 바지를 입은 나의 상류층 이웃들에 의해 산업적인 규모로 사냥 당하고 있는 여우들도 있는데, 고작 갇힌 고슴도치 한 마리 때문에 전화를 하다니. 나는 어쩌면 배수구에 독극물을 집어넣고 그것이 죽고 썩어서 없어지기를 기다려야 할지도 모르겠다고 생각했지만, 뭐가 고슴도치 독약이란 말인가? 그리고 비명을 질러대는 고슴도치를 무슨 수로 설득해서 그걸 먹게 한단 말인가? 나는 변기에 앉아 울음을 터뜨렸다. 밖으로 나왔을 때 그것은 더이상 비명을 지르고 있지 않았다.

모종의 치명적인 무의식에 사로잡힌 내 몸이 저절로 움직였다. 나는 고무장갑을 끼고 고기 저미는 칼을 꺼내들었다. 그리고 밖으로 나가 배수구 위에 무릎을 꿇고, 아래를 보지 않으려 애쓰며, 숨을 너무 깊이 들이마시지 않으려 애쓰며, 고슴도치의 몸과 머리를 여러 차례 찔렀다. 나는 계속 그렇게 했다. 고슴도치가 피와 가시, 작은 뼈, 분홍색과 하얀색이 섞인 빛나는 작은 부위들로 이루어진 걸쭉한 덩어리로 변할 때까지, 나는 배수구 뚜껑 틈새로 찌르고 톱질을 했다. 계속 그렇게 했다. 물로 씻어낼 수 있는 상태가 됐다고 느껴질 때까지 고슴도치를 리드미컬하게 찌르고 썰었다. 나는 칼과 고무장갑을 쓰레기통에 버리고, 주전자에 물을 끓여 배수구 안에 부었다. 나는 내가 자란 작은 마을의 도살장 앞을 지나던 기억을, 충격적인 진홍색이 드문드문 뒤섞인 핑크빛 핏물이 거리 위로 흘러가던 모습을 떠올렸다. 나는 쓰레기통에서 다시 칼을 꺼내 고슴도치를 조금 더 으깬 다음, 끓인 물을 한번 더 부었다. 주전자에 물을 두 번 더 끓여 붓고 배수구 사이로 칼질을 십 분 더 하고서야 모든 흔적이 지워졌다. 그것은 사라졌다.

이제 기분이 어때? 나 자신에게 물었다.

나는 기분이 좋았다.

유능하고 능숙해진 기분, 정신이 맑아진 기분이 들었다. 나는 싱크대를 표백했고, 칼을 씻은 후에 다시 서랍에 넣었다. 이제 너와 나 사이에는 작은 비밀이 하나 생긴 거야, 나는 칼에게 말했다.

데드 파파 투스워트

그는 오수 정화조 안에 쭈그리고 앉아 이 일을 지켜보며 매우 즐거워하고 있었다. 그는 그 속에서 자신의 일면을, 세상에 속한 자신의 일부를 보았다. 그는 소년의 엄마가 고슴도치를 짓이기는 광경을, 공포에 휩싸인 동물을 피와 가시로 된 묽은 수프로 뒤바꿔놓는 광경을 지켜봤고, 라틴 부인이 중독된 쥐를 짓밟아 죽였을 때만큼이나, 존과 올리버가 갈까마귀들의 부리를 총으로 쐈을 때만큼이나, 진이 잼으로 만든 덫에 말벌을 빠뜨려 죽였을 때만큼이나 그것이 아주 마음에 들었다. 인간들이 다른 존재와 전쟁을 치르는 그 여느 훌륭한 날들 못지않은 어느 날. 그는 구제역에 걸려 도태된 가축들을 사랑했으며 불타는 가축들의 몸속을 들락거리며 수개월을 보냈다. 소 바이러스, 독감, 경이로운 소 페스트, 비로 인한 부패와 면양 피부병, 옴의 주기, 유방염과 매독의 베테랑 목격자인 투스워트에게 새로운 것이라곤 아무것도 없다. 그는 생명체들이 수천 가지 방식으로 죽는 모습을 봤다.

방추 조각,

부패한 지저깨비, 빠뜨린 바늘코, 90년대에 퍼진 잎마름병, 레드불 트림,
제발 네모 칸 바깥에 서명하지 마 그럼 전부 다시 시작해야 돼,

너만의 결말을 선택할 수 있는 그런 책들,

날카로운 잔해, 퀴즈를 보기 전에 타코벨에 있는 누군가가 쿵 쾅,

도태는 해결책이 못 돼, 영어로 말해 이 멍청한 놈,

똑같이 생긴 열 명의 유령, 유독성 주목나무에 서서히 중독됐어,

그런 거짓말로 성사된 결혼이야, 여러분 모두를 위한 '아빠의 택시',

노란 BMW 모터스포츠처럼 거지같고 좆같은 것도 없어,

오염된 물, 차고의 살인적인 추위, 널 보니 정말 좋구나 귀염둥아,

로트바일러 강아지들, 개당 50펜스 혹은 한 줄에 2파운드,

그래 지금 널 협박하는 거란다,

그는 양이 태어나다가 다리 사이에 걸려버린 상태, 인간과 암양과 새끼양이 모두 매달려 있는 상태를 좋아한다, 육신 그리고 삶과 죽음 사이의 질긴 연결 고리라는 끔찍한 농담을 생각하면서,

모든 야생의 존재들은 인간의 냄새를 두려워해,

누구도 보궐선거를 원치 않아, 담배 냄새를 풍기며 왔어, 불가사의한 발소리,

무슨 일인지는 신만이 아시지, 월광 소나타와 시가 한 대, 진 쿰은 아이였을 때 다쳤어,

예약 초과된 예방접종 병원, 깜박 잠든 동안 그가 네 신발을 슬쩍해,

저희는 일 때문에 왔어요, 위킷키퍼가 우선이고 변호사 일은 그다음,

내 얇은 얼굴을 마음껏 비웃어, 그녀의 당근과 고수 수프는 사순절 점심의
하이라이트였어,

썩은 동물의 뼈 속에 발이 빠졌어, 이제 그런 말은 아무도 안 써요 아빠,

그에게 위험하다고 알려줘,

만일 네가 옷을 접어 올려서 내게 상처 부위를 살짝 보여준다면,

맥주 아홉 잔 위스키 세 잔, 바퀴 달린 쓰레기통 냄새가 나는 그의 거시기,

산사나무 열매가 목에 걸렸어, 무자비한 가지치기, 잘 시간을 넘겼어

데드 파파 투스워트는 이 땅에서 사형당한 수도사들을 봤다, 익사당한 마녀들을 봤다, 동물들이 산업적으로 도살되는 것을 봤다, 인간들이 서로를 무지막지하게 때리는 것을 봤다, 육신이 학대받고 능욕당하는 것을 봤다, 사람들이 자신과 가장 가까운 이를 다치게 하는 것을 봤다, 자기 자신을 해치는 것을 봤다, 음모와 걱정 또는 고통과 분노를 봤고, 지구 또한 투스워트와 똑같은 것들을 봤다고 말할 수 있다. 그는 이 땅이 스스로 갈라지는 것을, 그 꼭대기 층의 내장이 터져나오는 것을, 옷이 벗겨지고 다시 약탈을 당하는 것을, 철조망과 산울타리와 법에 의해 더 작은 조각들로 저며지는 것을 봤다. 그는 이 땅이 화학약품에 중독된 것을 봤다. 그는 이 땅이 그것의 외과의, 숭배자, 침략자들보

다 더 오래 사는 것을 봤다. 이 굳건한 땅은 마을보다 몇 번이고 더 오래 살아남고, 그는 그것을 사랑한다. 그는 황무지에서는 잘 살아나가지 못할 것이다.

피트

그녀가 내게 부탁 하나만 들어줄 수 있겠느냐고 물었다. 방과 후에 래니를 초크피트 레인에 있는 래니의 친구 앨피네 집에서 데려와줄 수 있겠느냐고. 로버트는 보이지 않는 자산을 세 배로 불리는 일인지 뭔지로 출장중이었다.

앨피의 엄마 샬럿은 건강과 안전을 몹시 신경쓰는 부류의 사람이며 나를 냄새나고 위험한 존재로 여긴다. 그녀는 구글에서 내 이름을 검색해본 게 분명하고 내가 한때 채색한 나무 성기로 갤러리를 가득 채우기로 유명했다는 사실을 안다. 그녀가 든 생명보험은 그녀의 집이 바닥 난방 방식과 닦은 듯이 매끈한 담을 갖춘 깔끔하고 고립된 집이라는 점, 그러한 창의성과 결부된 위험성 덕분에 아마 더욱 비쌀 것이다.

기분 나쁘게 듣지는 마세요, 피터, 나를 안으로 들이지 않은 채, 그녀가 말했다. 그래도 혹시 모르니 래니의 어머니한테 확인은 해봐야겠네요.

래니의 어머니는 출판사와 미팅을 하러 런던에 갔습니다. 나는 말했다. 저는 래니한테 저녁을 먹이고 아이의 취침 시간쯤에는 아버지가 돌아올 테니 그때 맞춰 래니를 집으로 데려다달라는 부탁을 받았어요.

분명 그럴 거라고 생각해요, 피터, 하지만 그래도 한번 확인해보는 게 어떨까요?

네 그럽시다, 나는 말했다.

거짓말은 하지 않겠다. 나는 샬럿이 안으로 들어가 래니의 엄마에게 전화를 건 후 래니를 현관으로 데려오고 코트 / 신발 / 배낭 / 안녕 앨피 / 안녕 래니 같은 말들이 들려오는 동안 그녀에게 엄청난 혐오감을 품게 되었는데, 그것은 그녀의 보안 조치 때문이 아니라 그녀가 액자에 넣어 복도에 걸어놓은 르누아르의 복제화 때문이었다.

보통 나는 끔찍한 것들을 어떻게든 이해할 방법을 찾아낸다: 사탄 숭배, 디카페인 커피, 성형 수술, 하지만 르누아르의 마담 드 보니에르 초상화는? 어림도 없다. 그것은 이해나 용서가 가능한 차원의 것이 아니다. 게다가 금색 플라스틱 액자에다 위에서 비추는 스포트라이트라니? 기분 나쁘게 듣지는 마세요, 샬럿, 하지만 당신 같은 취향을 가진 사람은 그 어떤 지옥불에 던져진다 해도 성에 차지 않을 것 같네요.

그후 우리는 치즈와 콩을 얹은 통감자 구이를 먹으며 나무에 대해 이야기한다. 우리, 그러니까 래니와 나는 너도밤나무에 대해 생각이 일치한다. 영국의 토템.

저한테 나무 책이 한 권 있어요, 래니가 말한다, 그리고 전 그 책에서 너도밤나무, 파구스 실바티카를 찾아봤고, 거기에는 "지독히도 많이 심겨 있다"라고 적혀 있었어요.

네가 무슨 책을 말하는지 알 것 같구나. 오만한 문체로 쓰인 콜린스 글러브박스 시리즈. 그래, 나한테도 그 책이 있지. 그딴 책은 무시해버려. 건방진 개소리.

건방진 개소리.

그 말은 너만 알고 있는 게 좋겠다, 얘야.

피트?

네, 전하.

데드 파파 투스워트의 존재를 믿으세요?

응?

그가 진짜라고 생각하세요?

음, 아니. 음 그래 사람들이 그의 존재를 믿는다면 그는 진짜로 존재하는 거니까 그렇다고 할 수도 있겠구나. 그래 진짜라고 생각해. 사람들이 언어나 '스프링힐드 잭'이나 '올피트의 초록 아이들'*에 대해 생각하고 이야기를 하는 한 그들이 진짜인 것처럼. 그는 이 마을의 일부이고 지난 수백 년 동안 그래왔어, 그가 진짜이든 진짜가 아니든 말이야. 페기 할멈한테 물어보렴, 그녀

---

* '스프링힐드 잭'은 빅토리아시대 영국 괴담에 등장하는 악마의 형상을 한 남자이고, '올피트의 초록 아이들'은 12세기 영국 전설에 등장하는 초록색 피부의 남매이다.

가 전문가니까.

네 하지만 월프의 동생인 휴고가 말하길, 자기는 그가 정원 울타리를 넘는 걸 본 적이 있대요. 온통 담쟁이덩굴로 뒤덮인 사람이래요.

그 말을 곧이곧대로 받아들이긴 어렵겠구나, 래니.

래니가 다리를 흔들며 노래를 부른다:

기도를 하고 행실도 바르게 하렴, 안 그럼 데드 파파 투스워트가 널 잡으러 올 테니. 그는 숲속에 살아요. 저는 그의 존재를 믿어요. 그를 본 적이 있어요.

나는 화제를 바꾼다.

네가 책에서 봐서 이미 알고 있을 수도 있는 흥미로운 이야기를 들려주마. 나무에서 영양분을 빨아들이는 부분, 생명을 유지하는 데 가장 필수적이고 생명 활동이 활발한 부분은 사실 나무의 외피 바로 아래에 있단다. 그래서 외피에 상처가 나기만 해

110

도, 도끼나 화살이나 전기톱에 살짝 부딪히기만 해도 나무는 생명 활동에 큰 지장을 받게 돼. 나무는 바로 그 상처 주위로 자라난단다.

전 아저씨가 뭐라고 말할지 알아요, 래니가 말한다.

그래, 그러니?

래니는 자리에서 일어나 갈비뼈와 배를 내밀며 천장을 향해 기지개를 켠다. 태양을 향해 뻗어가는 스위트피처럼.

사람들도 나무랑 똑같다고요.

래니의 엄마

나는 침실 바깥에서 들려오는 흐느낌에 잠에서 깨어난다. 로버트는 죽은 테니스 선수처럼 팔다리를 벌린 채 침을 흘리며 침대에 널브러져 있다. 밖으로 나가보니 래니가 계단 꼭대기에 책상다리를 하고 앉아 있는데 너무 화가 난 나머지 숨도 제대로 가

누지 못한다.

나는 아이를 안아서 달랜다. 그는 이곳저곳이 불룩 튀어나온 따뜻하고 작은 덩어리 같다. 튀어나온 따뜻한 한쪽 팔꿈치, 한쪽 무릎, 내면의 태양으로 달궈진 조약돌 같은 뜨겁고 작은 양쪽 발뒤꿈치.

마침내 래니가 화를 억누르며 내게 낮은 목소리로 식수 구호 단체의 전단에 나온 그 어린 소년은 아마 벌써 죽었을 거라고 말한다.

저는 물을 너무 많이 낭비했어요. 화장실에서, 차갑게 틀어놓고 마시면서, 정원에 물을 주면서.

하지만 얘야 그 얘긴 벌써 너무 많이 했잖니. 망가진 세상을 너 혼자만의 힘으로 고칠 수는 없어. 우리집 수도꼭지에서 흐르는 물을 아프리카의 그 어린 소년에게 전해줄 수는 없단다.

래니는 마치 내가 세상에서 가장 터무니없는 말이라도 한 것처럼 나를 쳐다본다. 그리고 내 무릎 위에서 내려간다. 아이의

112

얼굴은 경멸감으로 어두워져 있다.

잘 자요, 엄마.

다음날 아침 그는 침대에 없고, 이른 아침을 먹고 숲으로 황급히 달려간 흔적도 없다.

래니?

래니?

내 집필실에서 뭔가 허둥대는 소리가 들린다. 래니가 황급히 내 컴퓨터의 전원을 끄려고 애쓰고 있다. 세계 역사상 유래가 없을 만큼 빠른 동작을 선보이는 한 아이의 모습.

그애가 내 쪽을 돌아보며 숨을 깊이 들이쉰다. 이거 재미있겠는걸, 나는 생각한다, 왜냐하면 래니는 거짓말을 못하니까.

엄마가 쓴 책을 읽고 있었어요.

오 애야 그건 정말이지 부적절한 행동이야. 아주 버릇없는 행동이란다. 넌 그걸 읽기에는 어려도 한참 어려. 그건 성인용 범죄소설이야.

저도 알아요. 첫 부분은 건너뛰고 그다음 부분도 건너뛰었는데…… 음……

폭력적이야. 아주 폭력적이지.

그걸 이해하기에는 제가 너무 어린 것 같아요.

그런 것 같구나.

십대가 되면 읽어도 될까요?

열여덟은 돼야 해.

죄송해요 엄마.

괜찮아. 어젯밤에 구호단체 전단에 나온 소년에 대해 그렇게 말해 미안하구나.

괜찮아요. 엄마 말이 무슨 말인지 저도 알아요.

나는 래니에게 다가가 무릎을 꿇고 아이를 안아준다. 그리고 아이의 어깨 너머로 내 불경스러운 소설의 끔찍한 문장들을 읽는다. 래니가 이걸 발견했다는 사실에 처참한 기분이 든다. 이건 아이가 읽을 게 못 된다.

엄마?

응, 내 사랑?

아빠의 부모님이 돌아가셨기 때문에 아빠가 우리를 더 사랑한다고 생각해요? 아빠가 원래 할머니와 할아버지에게 주던 사랑의 여분을 우리에게 주고 있다고 생각해요? 우리를 위한 여분의 사랑이란 게 있을까요?

아니, 나는 생각한다.

그래, 나는 말한다. 정말로 그렇단다.

래니의 아빠

우리는 그렇게 하기로 합의를 봤다. 피트가 래니를 데리고 런던의 코크 스트리트에서 열리는 자기 전시회에 갔다가 같이 점심을 먹고, 내셔널갤러리에 들렀다가 딱 차 마실 시간에 맞춰 돌아오기로.

나는 물론 그것에 아무 불만이 없는데, 아내는 정말로 괜찮다는 내 말이 아무렇지 않은 척 억지로 꾸며낸 것이라며 계속 질책을 한다. 그래도 괜찮은 게 사실이다. 아무 불만이 없다. 나는 피트를 신뢰하고 래니가 얌전히 굴면서 즐거운 시간을 보내다 오리란 걸 알고 있으며, 래니의 학교 선생님은 이미 래니의 작품에 엄청난 변화가 생겼다고, 자기 표현 방식이 완전히 탈바꿈했다고 말한 바 있다. 그러니 다 좋다. 그들은 역까지 차로 데려다 달라고 부탁했지만 타이밍이 맞질 않는다. 그것도 좋은 일이다. 피트가 내 차에 탄다고 생각하니 어쩐지 좀 당황스럽다. 내 차의 가죽 시트.

내가 누구를 기쁘게 해줘야 하는지 모르겠다. 나는 마을을 기쁘게 해줘야 하지만 그건 불가능한데, 왜냐하면 내게 이 마을이 지닌 의미란 런던과 가깝다는 것이 전부이고, 따라서 나는 문제의 일부이자 인과 관계의 일부이며, 내가 여기 있을 수 있는 유일한 권리란 커네리워프의 주택담보대출 업체가 내게 제공해준 권리뿐이어서, 나는 작은 승리, 소속감이라는 이 작은 뿌리와 싹에 매달린다. 내가 여기 있을 수 있는 권리란 인기 있는 괴짜 래니, 라턴 부인의 등나무를 잘라주겠다는 나의 제안, 내게 맥주를 주는 피트, 술집 문을 연 채 잡아주면 "고맙소, 친구"라고 말하는 야외 벽돌 변소 건설업자라고 믿으며. 게다가 나는 페기와 적어도 한 주에 두 번은 수다를 떨고 페기는 나를 좋아하는 듯하다, 그게 공식 승인이 아니면 뭐겠는가?

피트

그녀가 래니를 데려다주러 왔는데, 래니가 평소에 우리집을 마음대로 들락거렸던 것을 생각하면 흔치 않은 일이었다. 그녀는 아이를 정원으로 내보내고 내 맞은편에 앉았다. 분위기가 심각했다. 그녀는 래니에게 무서운 이야기, 유령 이야기 같은 것을 그만 들려주면 안 되겠느냐고 물었다. 그녀가 말했다. 로버트의 부탁이에요, 음, 저랑 로버트의, 음, 그러니까 로버트의 부탁이요. 아시잖아요, 래니는 아직 어린애예요.

나는 말했다. 말씀드리기 송구하지만, 실은 래니가 저한테 무서운 이야기를 들려주는 겁니다.

저도 알아요, 그녀가 말했다. 하지만 학교에서는 래니가 이상한 이야기, 어두운 이야기를 글로 쓰고 행동도 약간 이상하다고 해요. 5학년 여학생 한 명은 래니가 자기한테 주문을 걸었다고 항의까지 했어요.

하!

웃을 일이 아니에요, 피트.

저도 압니다, 죄송해요. 하지만 아시잖아요, 래니는 괜찮아요. 남들과는 다른, 정말 끝내주게 멋진 아이라고요. 만일 거만한 꼬맹이 암소가 래니를 마법사라 여긴다면, 그러라고 하세요. '클래스메이트 닷컴'에 래니에 대한 악평을 실컷 쓰라고 하세요. 솔직히 말해서, 길고 영예로운 한평생 동안 래니가 혼란에 빠뜨릴, 정상성과 관련된 모든 시험과 기준과 규준 따위는 엿이나 먹으라고 그래요. 아닌가요?

그녀는 소리 내어 웃었고 자신의 멋진 얼굴을 양손으로 감쌌다.

음, 도와줘서 무지하게 고맙군요. 미치광이 피트. 이런 대화를 나눌 수 있어 기쁘네요.

그녀는 자리에서 일어나 내 어깨를 살짝 두드리고는 작별을 고했다.

그래서 그날 오후 나는 유령 이야기를 애써 피해가며 가르치는 일에 집중했다.

래니는 수채화를 아주 잘 그리기 시작했다. 정말로 잘 그린다. 나는 수채화를 그리 좋아하지 않지만 래니는 그것에 대한 감각이 있다. 물감이 흡수되는 정도와 물감의 예측 불가능한 특성을 짐작해 나를 감명시켰고, 배우지 않고도 붓으로 물감을 덜어내거나 덧칠할 줄 알았다. 만일 급하면 물감을 혀로 핥아도 돼, 나는 말했다. 만일 재빨리 그림을 이전 상태로 되돌려야 한다면 입으로 깨끗이 빨아먹어도 돼, 맛이 그리 나쁘진 않으니까. 하지만 저 연백鉛白 물감은 안 돼, 저 흰색은 독이 있거든.

래니는 작은 물감 튜브를 쳐다봤다.

흰색 물감을 얼마나 많이 먹으면 죽는 거죠?

내가 답할 수 있는 질문은 아닌 것 같구나, 래니. 엄청나게 먹어야겠지. 사람을 더 빨리 죽이려면 다른 방법을 써야 할 거야. 어쨌거나 흰색이 묻은 붓을 핥지만 않는다면 우린 둘 다 감옥행을 피할 수 있단다. 착한 래니.

우리는 도그로즈공원 반대편에 있는 벼락 맞은 나무를 그리기 위해 슬렁슬렁 밖으로 나갔다. 래니는 물통, 쌍안경, 초코바 그리고 리베나 음료 한 통이 든 배낭을 멘 채 요란한 소리를 내며 터벅터벅 걸었다. 우리는 축구 카드에 대해, 래니가 친구와 교환한 작은 플라스틱 전사 모형들에 대해 떠들어댔고 평소와 같은 래니식 대화가 줄곧 이어졌다. 일반적인 아이의 재잘거림과 뒤섞인 철학적인 구시렁거림과 약간의 노랫소리. 그러다 나는 갑자기 공기의 물결에 실려 오는 마리화나 냄새, 진하고 끈적거리고 푸르른 냄새를 맡았다. 사랑스러운 냄새. 버스 정류소를 지나는데 그곳에 헨더슨네 남자애와 '주목나무 저택'에 사는 오스카어쩌고가 교회 양초만큼이나 큰 마리화나를, 헐렁하고 울퉁불퉁하게 엉망으로 말아놓은 마리화나를 돌려가며 피우고 있었는데, 그 냄새가 정말이지 아주 좋았다. 우리는 지나가며 고개를 까딱했고 나는 한 손을 들어 인사를 했다.

사이코. 그들 중 한명이 기침을 하며, 캑캑거리다 킥킥거리며 말했다.

우리는 계속 걸었다.

내가 잠시 할말을 잃고 있는데 래니가 물었다. 아까 그 소리는 저한테 한 걸까요 아저씨한테 한 걸까요?

나는 그 말에 폭소를 터뜨리고 말았는데, 그건 어쩐지 그 말이 엄청나게 웃기게 들렸기 때문이고, 그러자 래니가 말했다, 왜요? 뭐가 그렇게 웃겨요?

우리는 해칫 숲을 향해 이어진 개 산책길을 따라 발을 쿵쿵거리며 걸어갔고, 그 길은 너무나도 아름다웠다. 생명력으로 가득한 공원과 숲 사이의 빽빽하고 짙푸른 벽, 그 벽을 뚫고 가거나 기어오르는 클레머티스, 그림으로 그려봄직한 다채로운 모습, 은은하게 빛나는 서양톱풀, 서로를 온통 끌어안고 있는 산사나무와 단풍나무, 가느다란 팔을 쭉 뻗어 손짓하는 듯한 디기탈리스, 그리고 나는 여전히 웃느라 흘린 눈물을 닦으며, 나 같은 늙은이가, 직업적으로는 성공했으나 대체로 외로운 삶의 끝자락에 와 있는 나 같은 인간이 이 꼬마와 절친한 친구 사이가 되었다는 사실이 얼마나 놀라운지에 대해 생각했다.

래니의 엄마

우리는 산책도 하고 피크닉도 즐기고 비싼 멤버십 카드도 써먹을 겸 칼턴 홀 빌리지에 있는 미로에 놀러갔다.

로버트는 런던에서 래니와 피트랑 만나 점심을 먹은 일에 대해, 정장 차림의 피트가 얼마나 멋져 보였는지에 대해 쉴 새 없이 떠들어대고 있었다.

정말 멋졌어, 트렌디한 노인처럼.

여보, 피트는 트렌디한 노인이 맞아.

그래 하지만 평소에는 옷을 허수아비처럼 입잖아. 정말이야, 꼭 광고 회사 사장 같았다니까. 갈색 스웨이드 신발, 멋진 리넨 정장, 잘 다듬은 수염, 거북딱지 안경테.

세상에나, 로버트, 피트한테 반하기라도 한 거야 뭐야?

그러니까 내 말은, 피트가 꽤나 거물이라는 사실을 우리가 잊고 있었던 것 같아. 그에 대해 쓴 책들도 있어. 피트는 아마도 부자일 거야.

당신 정말 웃기는 사람이야, 로버트 로이드.

우리는 표지판을 쳐다보고, 거기에는 미로의 높은 난이도에 대한 경고와 함께, '칼턴 그린 자이언트' 동상과 통행로가 있는 중심부까지 도달하려면 사십 분 정도가 걸릴 거라는 내용이 적혀 있다.

래니는 어디 있지?

바로 여기 있었는데.

래니?

미로 저 멀리서 휘파람소리가 들려온다. 우리는 첫번째 산울타리 밖으로 물러서고, 그러자 미로 정중앙에 있는 높은 연단 위에서 동상 곁에 선 채 손을 흔들고 있는 래니가 보인다.

아니, 뭐지? 로버트가 말한다.

우리는 서로를 쳐다본다.

래니! 돌아와. 어서 우리한테로 돌아오렴.

우리는 기다린다. 미로의 입구를 빤히 쳐다보고 있는 로버트는 입을 다물지 못한다.

얘가 속임수를 썼나? 지도를 발견했나? 아니면 누굴 따라갔나? 우리가 지난봄에 여기 한 번 온 적이 있긴 하지. 하지만 래니가 미로의 길을 기억할 리는 없는데. 누구도 그럴 수는 없어.

이해가 안 돼.

몇 분 후 래니가 분홍빛 얼굴로 활짝 웃으며 미로에서 휙 튀어나온다.

얘야, 어떻게 거기까지 그렇게 빨리 간 거니?

그게 무슨 말이에요?

미로 중앙까지 말이야. 거기까지 가려면 사십 분은 걸려. 어떻게 그렇게 빨리 간 거니?

뛰었어요.

로버트가 무릎을 꿇는다.

래니, 어떻게 가는 길을 알았던 거야? 그러니까 아빠 말은, 바닥에 길이 표시되어 있기라도 했던 거야? 가운데까지 어떻게 갔어?

그냥 뛰어갔어요.

래니! 로버트가 래니의 어깨를 붙잡는다.

잠깐, 로버트, 진정해. 래니? 사실대로 말해보렴. 그냥 너무 놀랍고 조금 이상해서 그러는 것뿐이니까. 가는 길을 어떻게 알았던 거니?

래니는 완전히 어리둥절한 표정이다. 늘 그렇듯이 천진난만하게 말이다.

그냥 계속 달렸어요. 모퉁이가 나올 때마다 어디로 가야 할지 뻔히 보였어요. 왼쪽! 오른쪽! 어디로 가야 할지 느낌이 왔어요. 그냥 알았어요. 그리고 제가 뭘 봤게요! 중앙에 있는 동상은 데드 파파 투스워트였어요.

우리는 언덕으로 가서 도시락을 먹는데, 래니는 재잘재잘 떠들어대고 로버트와 나는 별말이 없다.

그날 밤 침대에서 로버트는 내 쪽으로 몸을 돌려 혹시 아직도 그 일을 생각하고 있느냐고 묻는다.

당연하지. 그 일을 어떻게 받아들여야 할지 모르겠어.

자기야, 정말 이상한 일이야. 기이한 일이라고. 아니면 래니는 우리가 보지 못하는 무언가를 볼 줄 아는 숫자 천재 같은 건지도 몰라. 정말 불가사의한 노릇인데, 그러니까 음, 우리 어쩌면……

우리 부모님 집에서 있었던 일 기억해?

부탁인데 그 얘긴 꺼내지 말아줘, 감당이 안 돼.

그 얘기라는 건 래니가 아기였을 때 일어난 일을 말한다. 그때 래니는 기어다니기만 했지 아직 걸을 수는 없었다. 우리는 내 부모님 집의 정원에 있었는데 갑자기 래니가 온데간데없이 사라졌다. 우리는 래니를 소리쳐 부르며 찾아다녔고 두려움에 휩싸이기 시작했는데, 그러다 래니가 까르르 웃으며 킥킥거리는 소리가 들렸고, 알고 보니 그는 정원 가장 깊숙한 곳에 있는, 내가 어릴 때 놀던 나무 위 오두막에 있었다. 사다리로 거의 9피트나 올라가야 하는 곳. 우리는 모두 래니를 그 위에 올려놓은 건 자기가 아니라고 주장했고, 우리는 모두 한자리에 앉아 먹고 마시고 있었기 때문에 그게 사실이란 걸 알았다. 하지만 나중에 나는 로버트와 둘이서 우리 아빠가 그런 게 분명하다고 말했다. 아빠는 장난을 좋아하는 사람이니까, 분명 슬그머니 자리를 빠져나와 래니를 그 위에 올려놓았을 거라고. 합리적인 설명을 포기하는 것보다는 아빠가 거짓말을 했다고 믿어버리는 쪽이 편했다.

우리는 아무 말 없이 거기 누워 있다.

나는 옆방에 잠들어 있는 나의 아이를 생각한다. 아니 어쩌면 잠들어 있지 않을지도 모른다. 요정이나 도깨비들과 정원에서 춤을 추고 있을지도 모른다. 우리는 래니가 보통 아이들처럼 잠들어 있을 거라고 생각해버린다. 하지만 그는 보통 아이가 아니다, 그는 초록나무 래니, 우리의 작은 수수께끼다.

피트

래니에게 리놀륨을 좀 자르게 해주고 벨리니의 총독 초상화를 보여줘 화들짝 놀라게 만든 후, 나는 래니와 함께 그의 집까지 걸어가고 있다. 래니에게 집까지 데려다주겠다고 한 건 내가 그동안 외출이 뜸했고, 술집에 들러 맥주를 한두 잔 마시고 견과류나 좀 먹어야겠다고 생각했기 때문이다.

최근에 우린 그리 자주 만나지 못했다. 그동안 나는 새 작품을 작업했다. 아마 래니는 줄곧 늙은이랑만 어울리고 싶지는 않을 것이다. 오늘 오후에 그애가 찾아왔을 때 나는 몹시 기뻤다.

벨리니의 총독이 좋니, 만테냐의 죽은 예수가 좋니?

총독이요.

벨리니의 총독이 좋니, 거꾸로 뒤집힌 변기가 좋니?

총독 총독 총독이요. 제가 본 그림 중에서 최고예요.

그래 기쁘구나. 그 그림이 좀 특별하다는 데는 나도 동의해.
어딘가에 그 그림의 엽서가 있었는데, 한번 찾아보마. 오 이런,
열두시 방향에 자석과도 같은 마력의 연금 수급자가 등장하셨
군, 전방에 페기가 나타났어. 그녀를 피할 방법은 없겠구나. 오
이런 우린 망했어. 이미 눈은 마주쳤고, 우린 꼼짝없이 붙잡힌
거야. 그녀의 강한 힘을 뿌리칠 수 있는 사람은 아무도 없지. 잠
시 걸음을 멈추고 그녀와 대화를 나눠야만 하겠구나.

문제없어요, 래니가 말한다. 이런 사교적인 꼬마 악당.

우리 앞에 나타난 페기는 슬픔에 젖은 모습인데, 날이 갈수록
점점 더 그렇게 되어가고 있다. 마을의 흥미로운 가십거리들은

사라져버렸고, 남들의 결혼에 대해 사사건건 이러쿵저러쿵 떠들 일도 없어져버렸다. 요즘 페기는 아주 슬픈 상태다. 그녀는 노쇠하고, 뼈가 쑤신다. 그녀는 막을 수 없는 거대한 악이 이 세상에 작용하고 있다고 확신한다. 그녀는 틀리지 않았다.

내가 하고 싶은 말은, 주름진 손으로 래니의 양손을 꼭 쥔 채 그녀가 말한다, 내가 하고 싶은 말은 너를 보게 돼서 대단히 기쁘다는 거야, 젊은 친구. 다들 전화기를 붙든 채 줄지어 걸어가거나, 크고 번쩍거리는 차에 몸을 실은 채 쌩쌩 달려가는데, 너만은 옛 시절의 아이, 제대로 된 인간 아이처럼 보이는구나.

오 속지 마세요, 페기, 이 친구는 컴퓨터에 빠삭하고, 머지않아 그쪽에서 거물이 될 거예요.

래니는 활짝 웃으며 페기의 주름진 손안에서 양손을 빼내고, 몸을 휙 숙여 내가 휘두르는 팔을 피한다.

내가 하고 싶은 말은, 꼬마야, 내가 죽을 날이 머지않았다는 거야. 내가 마지막이란다. 나는 이 대문 앞에서 손을 흔들어 전쟁터로 가는 오빠들에게 작별인사를 했어. 그들은 돌아오지 않왔지만 마을은 바위 사이의 웅덩이처럼 계속해서 차오르고 또 차올랐지. 온갖 것들로. 라턴 부인은 자기가 여기서 영원히 살았던 것처럼 굴지. 하지만 그녀가 놋쇠 단추를 단 자기 남편, 발그레한 볼로 하루종일 그리고 매일같이 와인병이나 붙들고 있는 남편과 함께 이곳에 와서 우리에게 이래라저래라 간섭하기 시작한 게 내게는 고작 어제 일처럼 느껴진단다. 사람들은 이곳에 오기도 하고 이곳을 떠나기도 해. 나는 그 모든 걸 지켜보지. 하지만 너는 큰 기쁨이구나, 꼬마야, 넌 이곳에 행복한 기운을 가져다줬어.

그거 아니, 그녀가 말한다. 내가 죽으면 진짜로 빅토리아시대에 지어진 이 집은 철거되고 바로 그 자리에 빅토리아시대 건물을 흉내낸 작은 집 세 채가 지어질 거란다. 이 대문이 있던 자리에는 새 대문, 이 대문의 매력을 흉내낸 가짜 대문이 달릴 거야.

그걸 어떻게 아세요? 래니가 묻는다.

그냥 알아.

제가 그렇게 되도록 놔두지 않겠어요.

그거 아니, 그녀가 말한다, 중세 영국의 토지대장에 이곳에 대해 뭐라고 적혀 있는지?

아뇨, 우리는 순종적인 목소리로 입을 모아 대답한다.

거기에는 이곳이 주교의 땅이라고 적혀 있어. 10하이드*, 열여섯 개의 논밭에 해당하는 땅. 마을 사람 스물아홉 명과 노예 다섯 명을 공식 보증한다고 적혀 있지.

노예라고요? 그 말이 적절치 않다고 생각한 내가 묻는다.

페기가 쯧쯧 혀를 찬다. 노예는 그냥 땅이 없는 사람을 일컫던 말이에요, 피터.

아, 그렇군요.

---

* 옛날 영국에서 한 가족을 부양하기 위해 필요한 토지의 넓이를 기준으로 책정한 도량형으로, 1하이드는 약 120에이커 정도에 해당한다.

노예 다섯 명, 열여섯 개의 논밭에 해당하는 목초지, 돼지 이 백 마리, 11파운드의 가치를 지닌 땅.

11파운드라니, 제자리에서 깡충깡충 뛰며 래니가 말한다, 저 한테 저금해둔 돈이 29파운드 있어요. 제가 살 수 있겠네요!

사버리렴, 친구, 나는 말한다.

사서 잘 돌봐줘야 해, 젊은 친구, 페기가 말한다.

책에 그것 말고 또 뭐라고 적혀 있는지 아세요?

페기가 팔꿈치를 대문에 기댄 채 다시 래니의 손을 꼭 붙잡으 며 그의 두 눈을 들여다본다.

그 항목 제일 끝에는 작은 글씨로 이렇게 적혀 있단다. 거의 읽을 수 없을 정도로 작지만 나는 토지대장을 복사한 사진에서 그걸 분명히 봤지, 꼬마 투스워트.

오 페기, 나는 쯧쯧 혀를 찬다, 이런 몹쓸 사람, 순 헛소리만

늘어놓고 있군요.

사실이에요, 피터. 그렇게 적혀 있었어요. 그는 이곳이 존재해온 만큼이나 오래 이곳에 있었어요. 한때는 그도 어렸죠, 이 섬이 막 생겨났을 때는요. 그를 제외하면 진정으로 이곳에서 태어났다고 할 수 있는 존재는 아무도 없어요.

그래서 그가 당신보다 나이가 많다는 말인가요? 분명 그럴 리는 없을 텐데. 어쨌든 알았어요. 저는 이 어린 예술가를 아이의 부모한테 데려다줘야 해서.

잘 자요 잘 자, 페기, 좋은 꿈 꾸세요, 래니가 노래한다.

잘 자렴 착한 아이야, 페기가 말한다. 잘 자요, 미치광이 피트. 그리고 그녀가 내게 윙크를 보낸다.

래니의 엄마

래니는 한동안 나와 떨어져 지냈다. 아니면 내가 딴 데 아주 정신이 팔려 있었거나. 이리저리 왔다갔다하는 그애는 걱정스러운 얼굴이다. 나는 래니가 어디에 있는지 도무지 알 수가 없다. 오늘밤 나는 아이를 찾아 사방을 뒤졌고, 마침내 욕조에 몸을 담근 채 완벽한 얼굴만을 거품 밖으로 내밀고 있는 그를 발견했다.

머리는 아주 깨끗하고 얼굴에는 주근깨가 가득하다.

우리 아들 냄새가 아주 좋네. 잡아먹어도 되겠어.

그러면 '완전 곤란'해요, 엄마.

엄마들한테는 자기 아들을 잡아먹을 수 있는 특권이 있어, 시간만큼이나 오래된 규칙이지.

엄마? 그가 물을 뚝뚝 흘리며 똑바로 앉는다.

응, 내 사랑?

어젯밤에 또 사슴이랑 함께 달리는 꿈을 꿨어요.

이야 멋지네, 네가 제일 좋아하는 꿈이잖니.

　하지만 이번에 저는 사슴과 함께 달리는 소년이 아니었어요. 저는 사슴이었고, 사슴 안에서 저를 쳐다보며 내가 동물이 맞는지 궁금해했어요. 제 뼈는 더 아래에 있는 것처럼, 더 힘차고 탄력 있게 느껴졌고, 눈은 사슴의 눈이었는데, 사슴 안에서 저 자신을 볼 수 있었고, '인간 아이다!'라는 생각이 들면서 신이 나는 동시에 정말로, 정말로 걱정이 됐어요. 그러다 쿵 하는 소리가 들렸고, 저는 뒤로 밀려나면서 철조망인지 금속 덫인지에 걸렸는데, 그래서 다리가 찢어지고 뼈가 드러나 보였어요. 사슴들은 모두 저를 쳐다보고 있었지만 그들은 사슴이어서 저를 도와줄 수 없었고, 저는 죽어가고 있었고, 사슴들은 저를 그렇게 함정에 빠뜨린 게 자신들이었기 때문에 끔찍한 기분을 느끼고 있었어요. 저는 사슴들이 절 함정에 빠뜨렸다는 걸 알았고, 그들은 그런 짓을 한 이유가 제가 인간이기 때문이란 걸, 사슴이 되어 달리는 인간을 무리에 껴줄 순 없기 때문이란 걸, 그건 있을 수 없는 일이라는 걸 눈빛으로 알려줬어요. 저는 규칙을 깨뜨렸던 거예요. 아주 오랫동안 지켜져온 규칙이었죠. 저는 병원이랑 약이랑 언어가 필요했지만 사슴들한테는 그런 게 하나도 없었고, 그래서 저는 거기 누운 채 기다렸어요. 그냥 기다리고 또 기다렸고, 사슴들은 그런 저를 지켜봤어요.

세상에나, 래니, 내 사랑. 정말 끔찍한 꿈이로구나.

끔찍하진 않았어요. 그냥 슬펐어요. 너무 슬펐어요. 우린 죽으면 어떻게 되죠?

그건 왜?

그냥 궁금해서요.

음, 엄마 생각에 우리 몸은 썩고 영혼은 천국으로 갈 것 같구나. 만일 우리가 착하게 살았다면.

엄마는 천국을 믿어요?

그럼, 믿는다고 해야겠지. 그래.

전 피트랑 생각이 같아요.

오 그러니, 피트는 우리가 어떻게 된다고 생각하는데?

피트는 우리의 영혼이 몸에서 떨어져나온 다음, 잠시 동안 이리저리 떠돌며 세상을 똑바로 보게 된다고 생각해요. 세상이 실은 어떻게 작동하는지, 우리가 식물과 얼마나 가까운지, 모든 게 어떻게 연결되어 있는지를 난생처음으로 보고, 마침내 깨닫게 되지만, 그건 아주 잠시뿐이에요. 우리는 형태와 무늬들을 보고, 그건 최고의 예술 작품처럼 엄청나게 아름다워요. 수학과 과학과 음악과 감정이 한꺼번에 존재하는, 모든 것들의 전체 모습이죠. 그러고서 우리는 그냥 흩어져 공기가 돼요.

정말 멋지구나. 그런 일이 일어날 거라고 생각하니 기분이 좋은걸.

저도요.

래니야, 엄마가 사랑해.

저도 알아요.

데드 파파 투스워트

그는 자신이 가장 좋아하는 울타리 디딤대 속에 들어앉아 걱
정스럽게 옹이진 얼굴을 하고 있다.

이른바 단기 휴가, 잔인한 성미,

이해가 안 가지만 부동액을 마셨어. 우린 걔들한테 경고했어,

멋지고 느긋한 섹스와 늦잠, 죽은 지 사흘은 돼 보이는 시퍼런 색,

샌디 클레버든은 진부한 게으름 때문에 죽게 될 거야,

꽤나 높은 승률,

산 채로 태워졌어,

불순한 의도, 썩어가는 통나무,

턱 골절과 경미한 타박상,

데드 파파 투스워트는 자기 자신을 안다. 그는 가려움
이 점점 심해지는 걸 느꼈고, 이제는 때가 됐다.

눈부시게 노란 유채꽃, 새끼를 사냥하지 않으면 새끼가 자라날 거야

그래서 우리는 활을 들고 새끼를 사냥해, 숨쉴 틈이 없어,

유리 공사, 도시 습관,

아주 웃긴 녀석이야 하지만 좀 이상하지 않니, 뺑소니,

딱 한 번해, 난잡한 파티, 정원의 쓰레기

죽은 울새 한 바구니,

그는 살아 있는 생명체를 향해 기어갔다가 스프링 레인 아래로 내려가 그곳을 따라 휩쓸려 나아간다, 그리하여 마을의 거리 바로 아래에서 솟아오를 수 있게, 그들 아래에서 배를 뒤집은 채 떠올라 목욕물과 똥, 지방덩어리와 티끌을 홀짝일 수 있게, 주위에 귀를 기울이는 어둠의 관음증 환자가 되어 나타날 수 있게,

타종 연습 시간은 오후 다섯시 삼십분으로 변경됐어,
별일 없어 친구
별일 없어 친구 시시한 일들뿐, 삶의 문이 잠겨서 들어갈 수 없어,

또다시 밤의 공포가 찾아왔구나 불쌍한 것, 입냄새,
〈Lord I Just Can't Keep From Crying Sometimes〉를 연주해,
무작위로
우린 그녀에게 조심하라고 했어, 행해지는 공격적인 행동,   불길한 예측,
그냥 재미있었던 하루라 그래, 홈통, 파이프를 지나는 바람 소리일 뿐,
경계 지역의 댐퍼 페달,
그녀는 장애 수당 요구를 거부당했어,

겁이 나,   오소리가 다니는 길,
땅지에서 흐르는 피,

싱크대, 샤워기 헤드와 변기 속으로 빨려 올라간 그는, 스스로에게 약간의 침입, 약간의 훔쳐보기, 약간의 맛보기를 허용한다,

곰팡이 핀 순무와 스웨덴 순무,
집으로 걸어가는 길에 제대로 지쳐버렸어,
여우 피,
여우 뇌,   그 지저분한 거 말고 마리화나만 피워,
                                                          인간의 뼈,
개암나무가 쪼그라든 것 같아,   벽 속에서 발견된
                                                      벌레 물림 치료제가 없었어,
그는 야만인이야,   여자 울리 땅이지,
                          소리 땅이지,

**대략 백 년을 주기로 이런 일이 벌어진다, 그는 저항할
수 없다, 그는 때가 임박했음을 느낀다, 그는 행동을 취해야만
한다,**

제대로 된 견인용 체 인,
들보에서 딱딱 소리를 내는 사번충,
그냥 내버려뒀더니 상했어, 의심스러운 행동, 알랑거리는 웃음,
뭔가 잘못됐어,
불공평의
불공평의 악순환,   어림도 없는 소리,

**이따금씩 그는 그런 짓을 한다, 쇼를 선보인다, 끼어들어서
공간의 성격을 바꿔놓는다,**

142

잔뜩 쌓인 옛날 싸구려 포르노 잡지,

코스 요리 삼 인분이랑 하우스 와인,

그에게 이제 술집에서 나가 망할 직업이나 구하라고 감히 제안할 수 있을까,

신화가 존재하는 데는 다 이유가 있어,

태워버려, 뭔가 이상해,
시편 37편부터 시작하겠습니다,

가진 것 중 가장 소중한 물건,
썩어빠진 영혼들의 나라,

버스 정류장에서 흐느껴 울고 있었어,

수면 마비, 스티비의 코르사에 우리 열 명이 탔지,

**그는 저항할 수 없고 그럴 수 있었던 적도 없다, 그는 저항할
수 없고 절대 그래서도 안 된다,**

일단 환경 보수주의라고 해두고 로고는 나중에 고민해볼까,
잘 자 내 사랑, 어두운 시기,

콜라 병과 비행접시들,

인생의 가장 큰 공포, 쓸데없이 죽고 떨어진 인대,
인생의 가장 큰 공포,

사내애들이 다 그렇지 뭐, 빠진 머리카락 때문에 막혀버렸어,
하거나
영국인은 사냥을 하거나 사냥을 당해야 해,

겁에 질린 반려동물들,
야 왜 거덜난 똥구멍 같은 얼굴을 하고 있냐,
흰담비로 돈을 버는 사악한 미치광이,
다들 부끄러운 줄 알라고 해,
다들 부끄러운 줄 알라고 해,

생각이 불건전한 아이들.　　　불타는 관목
　　　　　　　　　　　　　　불타는 관목
사람들은 이상해 괜찮아.

누군가가 날 훔쳐보고 있다는 정말 기이한 느낌이 들었어.

그는 뭔가를 꾸미고 있다.

래니의 아빠

나는 아래층에 누군가가 있다는 확신과 함께, 주먹을 꽉 쥔 채 부산스레 깨어난다. 누군가가 집에 있다. 예전에는 이런 기분이 들 때가 많았는데, 이제 마을의 소리에 더 익숙해졌다. 화단의 가장자리를 따라 지나가는 고슴도치 소리를 알고, 아침 일찍 우편집배원이 자갈 밟는 소리를 안다. 나는 라턴 부인이 심야에 돌리는 회전식 건조기의 괴상한 윙윙거림도 안다. 이 소리는 그것과는 다르다. 이건 사람이 몸을 움직이며 내는 소리다.

우리집에 누군가가 있다.

나는 아내를 깨우지 않는다. 옷장에서 크리켓 배트를 꺼내든 다음 까치발을 하고 침실 밖으로 걸어나가는 동안 내 두 발의 작은 뼈들이 삐걱거리는 소리를 낸다.

귀에 맥박 뛰는 소리가 요란하게 들리는 가운데, 나는 층계참을 살금살금 가로질러 계단 꼭대기에서 걸음을 멈추고 귀를 기울인다. 들리는 소리라고는 쿵 쿵 쿵 뛰는 내 맥박소리뿐.

조심스레 계단을 걸어내려간다. 아무것도 없다. 머릿속에서는 겁에 질린 남자 집주인이 할 법한 대사, '자, 한번 덤벼봐, 이 빌어먹을 자식아'가 들려오지만, 실질적인 방어 능력이 없는 나로서는 오금이 저린다. 나는 용감하지 않다. 나는 싸우지 않는다. 싸움이라곤 해본 적이 없다. 나는 자산 관리 회사에서 일하며 마이크로소프트 아웃룩을 상대할 때만 미묘한 방식으로 싸움을 할 뿐이다. 나는 겁에 질렸다.

부엌에는 아무도 없지만 나는 그냥 거기 있는 것만으로도, 누군가가 들여다보고 있다는 상상을 하는 것만으로도 지릴 만큼 겁이 난다. 한 사람이 아니라 떼로 몰려왔을지도 모른다. 칼날 달린 와이어와 염산을 들고, 머리에는 자루를 뒤집어쓴 채 줄지어 늘어선 남자들, 낮에는 농부이고 밤에는 살인자인 남자들, 창유리 너머에 숨어 집안에서 가만히 내 뒤를 밟고 있는 자기 동료를 쳐다보는 남자들. 이런 세상에. 나는 겁이 나고 굴욕감이 든 나머지 약간 으스대며 걷기 시작한다. 누군가가 지켜보고 있을 경우에 대비해 '그냥 한번 둘러보는 거야'라는 식으로. 이 얼마나 바보 같은 짓인가. 내 집에 정말 침입자가 있다고 생각하는 와중에도 사람들이 어떻게 생각할지를 걱정하다니. 복도에는 아무도 없다. 거실에는 아무도 없다. 내 견갑골 사이에 들이댄 도끼도 없다, 내 뒤통수를 겨냥한 엽총도 없다. 뒤쪽으로는 집의 구석들만이, 앞쪽으로는 나의 스타일리시한 아내가 디자인한 어두운 실내, 나 자신의 그림자만이 보일 뿐이고, 나는 아래층의 찬장을 열어젖히며 가슴에 커다란 통증을, 두려움으로 인한 협심증과 경련을 느끼는데, 그때 위층에서 꺅 하는 비명소리가 들린다—

로버트!

나는 위층으로 달려 올라간다, 한 번에 세 계단씩 뛰어오르면서, 침실에 어두운 망토를 두른 커다란 남자가 있고 그가 아내의 목에 칼을 들이밀고 있다고—완전하고 분명한 확신을 가지고—상상하면서, 배트를 들어올린 채 방안으로 뛰어드는데, 아내는 침대에 똑바로 앉아 있다.

무슨 소리가 들렸어.

나도 들었어. 그런데 아무것도 없어.

나의 배짱 있는 아내, 그녀는 완전히 겁에 질린 모습이다. 그녀가 속삭인다.

여기서 말이야. 여기 누군가가 있어. 이 방에 누군가가 있어.

나는 성큼 달려간다, 손에 배트를 들고서, 침대 위 아내 옆자리로 뛰어든다. 갑자기 어린아이처럼 변해 모든 용기를 잃은 채로. 나는 피로 물든 우리집 벽의 사진이 실린 신문을 떠올린다, 가슴속에서 심장이 요동친다. 그는 옷장 안에 있을까, 그는 침대 시트로 되어 있을까, 그는 천장에 있을까, 아내의 피부 속에 있을까, 그녀가 그를 숨겨주고 있는 걸까, 나는 사람을 죽일 수 있을까, 그건 아플까, 그가 우리를 고문할까—

나 무서워,

나 무—

무언가가 움직이며 바스락거리는 소리, 바로 여기, 우리가 있는 바로 이곳, 침대 아래에서. 우리 침실에, 우리 침대 밑에 누군가가 있다. 우리는 우리 침대에서 살해당하고 말 것이다.

아내는 우리 아들이 자기 몸을 헤집고 이 세상에 처음 튀어나왔을 때 그랬던 것만큼이나 내 손을 꼭 붙잡고 있다.

나는 이 일을 해내야만 한다. 어쩌면 길 잃은 고양이이거나 겁에 질린 난민이거나 죽어가는 여우이거나 긴 옷을 뒤집어쓴 폴터가이스트*일지도 모른다. 나는 이 일을 당장 해치워야 한다. 스스로도 놀랄 만큼 용기를 발휘해야 한다. 그래서 나는 더이상의 주저함 없이, 아내가 나를 필요로 한다는, 내가 그녀를 보살펴줘야 한다는 자각 덕분에 이상하리만치 침착한 상태가 되어, 침대 밖으로 휙 튀어나간다. 몸을 굴려 쿵 소리와 함께 바닥에 발을 디딘 채, 팔을 들어올려 카펫 위로 배트를 세게 휘두를 준비를, 그 남자의 얼굴에 배트를 몇 번이고 내리칠 준비를 한다.

침대 아래에는, 두 눈을 크게 뜬 채, 어쩌면 잠들어 있고, 어쩌면 깨어 있는, 래니가 있다. 양팔을 옆구리에 딱 붙이고 둘둘 말아놓은 깔개처럼 길고 뻣뻣하게 누운 채, 우리 침대 아래에서, 내 너머를 가만히 응시하고 있다. 우리의 아이. 그애의 얼굴에는

---

* 집안에서 물건이 날아다니게 하거나 시끄러운 소리를 내는 유령. 혹은 그런 현상 자체를 일컫는 말.

아무런 표정도 없다.

얼마 뒤, 우리 둘은 잠에서 깬 채 그 문제에 대해 이야기를 나누고, 아내는 내가 너무 크게 화를 냈다고 말한다.

당신은 래니한테 빌어먹을 사이코라고 했어.

나도 알아.

내일 래니한테 사과해.

래니도 자기가 우리를 깜짝 놀라게 했다는 걸 알 만한 나이는 됐어. 그리고 나는 화가 났었고. 그애는 이제 이런 짓을 그만둬야 해. 난 걱정이 돼.

당신은 래니한테 사과해야 해.

나도 알아. 미안해. 나는 그저…… 너무 무서웠어.

미안해.

살면서 그렇게 무서웠던 적은 없었던 것 같아.

우리 그거 할까?

제발.

피트

아주 이상한 기분이다. 맥주를 몇 잔 마시고 나서 위스키를 조금, 그러고는 제대로 섞이지도 않은 슬로진을 조금 마셨다.

마을에서 들리는 소리는 온통 잘못돼 있었다. 나는 동네로 산책을 나갔다가 안 좋은 기분이 들어서 급히 집으로 돌아왔다. 어둠은 불균질했고, 불안정했다. 나는 우리집 부엌으로 피신했지만 집에 있는 물건들 사이의 기압 역시 온통 잘못돼 있었다. 뭔가가 이상했다. 식탁 위에는 술이 한 잔 있었고, 신문과 펜이 있었는데, 그 세 가지 것들은 금방이라도 솟구쳐올라 폭발할 것만 같았다. 뭔가가 거리를 좁혀오고 있었다.

나는 자리에 앉아 숨을 여섯 번 들이쉬고, 여섯 번 내쉬었다.

냉장고에는 친구 벤이 보내준 엽서가 붙어 있었다. 끝내주게 멋진 웨스트베리의 말 뒤로 기차가 연기를 뿜으며 달려가고 있는 에릭 라빌리어스의 그림. 나는 그것을 수년 동안 소중히 간직해왔다. 그 이미지, 그 사랑스러운 영국의 이미지를 보니 구역질이 났다. 입안에 신물이 고였다. 열병에라도 걸린 듯 목에 땀이 났다. 나는 그것을 냉장고에서 떼어내 갈가리 찢어버리려 했지만, 그런다고 그 엽서를 향한 나의 분노, 뭔가 오래되고 축적된 분노가 해소될 것 같지는 않았다. 나는 진을 잔뜩 들이켠 다음 엽서를 뚫어져라 쳐다봤다. 그 예스러운 이미지가 싫었다. 이 엽서가 내 존재의 고요한 수면 아래에 이렇게나 오랫동안 숨어 있었다는 사실에 대한 분노. 내 혐오스럽고 죄스러운 인생 전체가 이 초라한 이미지 위로 내려앉기 위해 줄지어 대기중이었다. 나는 그동안 그것을 내 몸에 걸치고 있기라도 했던 것처럼, 내 수염 안에, 귀 안에, 손톱 아래에 간직해오기라도 했던 것처럼 그것에 혐오감을 느꼈다. 부모님으로부터 게이는 집안의 수치라며 꺼지라는 말을 들은 이후로, 용감한 영국인들이 벵골과 케냐와 북아일랜드에서 무슨 일을 했는지 적어놓은 그 팸플릿을 처음 읽은 이후로, 동물이 도살되는 걸 처음 지켜본 이후로, 런던의 갤러리와 화려한 잡지에 내 빌어먹을 영혼을 처음 팔아버린 이후로, 썩어가는 바다새 목구멍에 슈퍼마켓 쇼핑백이 들어 있는 것을 처음 목격한 이후로, 화장터 커튼 뒤에서 직원들이 낄낄거리며 바닥에 재를 떨어뜨리는 걸 본 이후로, 이 모든 것들이, 이 고통스러운 것들이 줄을 서서 기다리고 있었고, 대체 무슨 일이 일어나고 있는 건지는 몰라도, 이제 나는 몹시 화가 나 있었다. 성난 채로 으르렁대고 있었다. 나는 볼펜을 집어들었다. 자리에 앉아 그 엽서 위에 아주 조심스럽게 가로선을 그었다. 그런 다음 엽서를 회전시켜 그 선들을 가로지르는 선을 그었다. 풀이 우거진 월트셔의 언덕, 불가사의한 신석기시대의 개짓거리, 유쾌한 구름, 칙칙폭폭 달리는 그 사랑스러운 이차원적 기차를 격자무늬로 가려버리기 위해, 그 그림의 이전과 이후에 존재한 모든 거짓된 영국 수채화 속 토지들, 그 위를 달린 모든 얼간이들을 엿 먹이기 위해, 그러고는 다시 가로선을 그으며 음영을 넣듯이, 격자무늬를 더 빽빽하게 만들었고, 가련한 라빌리어스는 다시 한번 어두운 밤 속으로 사라져갔으며, 빛나는 검은색 잉크는 내 친구 벤이 보내준 친절한 우정의 표시를 얼룩지게 하고 찌그러지게 하고 지워지게 했다.

나는 나 자신을 알지 못했다.

나는 도대체 내가 누군지 알지 못했다.

래니의 엄마

잠을 잘 수가 없다. 로버트의 숨소리는 작은 문이 열리면서 카펫을 잡아끄는 소리 같다. 딸깍. 스윽. 누군가가 들어온다. 딸깍. 스윽. 누군가가 나간다.

나는 보통은 잠을 잘 잔다. 오늘밤 마을은 답답하고 후텁지근하다.

상태가 아주 안 좋았을 때, 래니가 아기였을 때, 그러니까 런던에 살던 시절, 나는 젊은 엄마들을 겁주기 위해 쓰인 온갖 것들을 읽었다. 유아 돌연사와 짓눌림, 질식과 알레르기, 납작해진 두개골과 굽은 등, 다친 눈과 상한 우유에 관한 것들. 그리고 어느 날 밤 잠에서 깨어 보니 래니가 숨을 쉬지 않았고, 나는 그 사실을 받아들였다. 쉽게 받아들였다. 한밤중이었고 목이 말랐고 대사는 잊어버렸고 이불 속은 끓어오르는 듯이 더웠다. 나는 헛간에 사는 남자가 예수 흉내를 내는 영화에 대한 꿈을 꾸고 있었다. 커튼을 뚫고 들어오는 가로등 불빛은 치명적일 만큼 노랗고 아기는 죽어 있었다.

나는 아주 고요히 누워 있었다. 아기에게 손을 대지 않았다. 비명을 지르지 않았다. 몸을 움직이거나 로버트가 어디에 있는지 궁금해하지 않았고, 공황에 빠지거나 울지 않았다. 나는 고요히 누워 있었고 명료하게 생각할 수 있었다. 이제 다 끝났어, 이제 넌 네 인생을 되찾을 수 있어, 나는 혼자 생각했다. 이 비극은 네 인생을 통틀어 가장 중요한 사건이 될 거야, 하지만 그게 네 인생이고, 만일 필요하다면 원하는 만큼 실컷 잠을 자도 괜찮아, 너는 잠을 얻었고 두려움에서 벗어났어. 이제 아기는 없어.

나는 그날 밤을 기억하고 그때의 기억을 이상하리만치 소중히 여긴다.

로버트가 방귀를 뀐다.

부엉이가 평상시의 절반쯤 되는 크기의 소리로 운다.

나는 시골에 있는 이 집, 내 침대에 편안히 누워 있다.

나는 운명의 고약한 품안에서 무사히 빠져나오는 일에 대한 기도문이나 서정시의 몇몇 구절을 떠올린다.

데드 파파 투스워트

데드 파파 투스워트가 갈색 물웅덩이에서 걸어나와 평범한 사람처럼 옷을 입고 마을을 걸어다닌다. 납작한 모자와 방수 외투와 실용적인 부츠 차림으로 저녁 산책에 나선다. 그는 자신이 만든 노래를 휘파람으로 불고, 그 노래는 개개인을 향한 일련의 명령으로 이루어져 있다. 그는 자신의 계획을 평범한 가정집들이 있는 시골 동네 속으로 집어넣는다, 마을의 부드러운 피부 속으로 윤활유를 바른 철사처럼 미끄러지듯 밀어넣는다, 건물, 정원, 하수관, 물탱크 속으로, 길을 따라 큰 집으로 가서, 뒤쪽으로 돌아 운동 경기장으로, 맥주 펌프 속으로, 교실의 책 속으로, 가스와 전기 속으로, 교회 종탑의 종 속으로, 콧구멍 속으로 빨려 들어가도록, 면직물에 문질러 스미도록, 남자와 여자의 몸속으로, 땀에 젖은 주름살 사이에 접혀 들어가도록, 손으로 비벼 충혈된 눈 안으로 들어가도록, 아이들의 꿈과 잠든 집짐승들의 뼈 속으로 자신의 계획을 밀어넣는다, 그리고 그는 휘파람을 불고 또 불고 정말이지 최선을 다한 나머지 그 어떤 생각도 일관되게 이어나갈 수가 없다. 진이 빠진다.

그는 전에도 이 일을 해본 적이 있지만 이 정도로 진심을 다한 적은 없었다. 그는 이 끔찍한 일을 벌일 계획이다. 그는 이 일을 영겁의 시간 동안 계획해왔다. 그는 백 년에 한 번 하는 수고로운 일에 돌입한다. 자신의 꿈을 휘파람으로 불어 실체화하고, 중요한 순간을 위해 마을을 준비시키는 일. 숲의 가장자리에 이르렀을 무렵 그는 어떤 징조나 암시에 불과한 존재로 쪼그라들어 있다. 그는 고요하고 따스하고 어스름한 위험일 뿐이며, 전에도 이런 광경을 본 적이 있는 오소리와 부엉이들은 그를 맞이하는 게 아니라 몸을 숨겨야 한다는 걸 안다.

2

生命体의 숨결로 따스하게 데워진,

그애의 노랫소리가 들려왔다.

내게 선물을 가져다주는.

일 초나 이 초.

래니?

나는 그애가 어디 있는지 궁금하다.

또다시 일 초.

래니는 어디 있는 거지?

지금 단계에서 떠오르는 말은 아직 흔한 것들이다. 일상적인 하루의 표면에 박혀 있는 말들, 이를테면 와이파이 비밀번호가 적힌 스티커가 어디 갔지? 라벨을 잘라냈는데 왜 아직도 간지러운 거지? 이 닭 가슴살은 왜 해동되는 데 이렇게 오래 걸리지?

내 아들은 어디 있는 거지?

여자는 자신의 아이가 어디에 있을지 게으르게 짐작해보지만 걱정은 하지 않는다. 왜냐하면 그애는 그녀가 생각한 곳에 있었던 적이 한 번도 없었으니까.

하루 중 정말 완벽한 시간, 시간을 본다, 빨래를 안으로 들일 시간, 가서 래니를 불러 차를 마시라고 할 시간, 나 혼자만의 시간, 내가 자리에서 일어나는 데 걸리는 시간, 일어나서 집안을 돌아다니고, 래니의 방을 들여다보고, 아이의 이름을 부르고, 집안의 텅 빈 구석구석을 모두 래니의 이름으로 적시고, 그애는 매번 이런 식이니까, 유쾌하게 노래를 부르듯 아들을 찾아 헤매는 시간, 래니 요 녀석 하고 외치며 정원으로 가보고, 토끼 같은 래니를 찾아 휘파람을 불며 거리로 나가보는데, 만일 그때 내가 알았더라면 나는 선 채로 황홀하게 빛을 바라보는 일은 고사하고 길을 기어서 건너지도 못했을 것이다. 만일 그런 줄 알았더라면.

하지만 나는 몰랐다.

그리고 나는 나 자신을 바라보았다, 이제 시작이었으므로. 곧 짓밟히고 말 여자. 실패와 고통의 본보기로 다시 태어나기 시작한. 당연히 나는 뭔가 잘못됐다는 걸 알았다.

시간은 무표정한 얼굴로 가야 할 길을 안내하며 나를 주인공으로 지명했다. 저기로 가, 졸리 로이드, 네 아들로부터 멀리.

여자는 거리 한가운데에 서서 하품을 하며 숨을 돌린다. 그녀는 아주 훌륭한 배우다. 훈련된 배우. 하품을 하며 숨을 돌리는 동작은 정말이지 대단하다. 진짜라고 해도 믿을 지경이다.

기지개를 켜고 그곳에서 풍겨오는 냄새를 들이마신다. 아스팔트, 구운 빵, 베어낸 산사나무, 프레드가 피운 담배의 여운, 목재 방부제, 부패한 무언가, 디젤, 이름 모를 꽃, 모니터 앞에서 등을 구부린 채 하루를 보낸 후 거리에 서서, 혹시 래니가 숲의 야영장에서 집으로 돌아오고 있을지도 모를 길 위쪽을 바라본다.

나는 로버트에게 어서 집으로 오라는 문자메시지를 보냈다. 심지어 메시지를 보내면서 부드럽게 흥얼거리기까지 했다.

늘 오는 시간에 와? 베이컨을 두른 치킨. 구운 햇감자. 와인 사 와. 나는 래니 찾고 있어, 늘 그렇듯이.

래니가 친구들과 함께 있을지도 모를 길 아래쪽을 바라본다, 어쩌면 페기에게 붙들려 이야기를 하고 있거나 술집 주차장을 뒤지며 맥주 통의 플라스틱 뚜껑을 모으고 있을지도 모른다.

일 초 일 초가 고통스럽게 흘러간다. 그 자리에 선 채, 생각한다.

계속 계속 계속 계속 계속 계속

요런 예쁜이. 응, 늘 가는 시간에. 부탁한 와인은 이미 챙겨뒀어. 래니는 피트네 있지 않나?

계속 계속 계속 계속 계속 계속

아니, 피트는 오늘 집에 없어. 난 사라진 애를 찾으러 가볼게.

✦

나는 생각했다: 도착. 주말, 내가 가장 좋아하는 베이컨을 두른 치킨 요리, 기분이 좋은 졸리, 좋은 날씨, 가방에 든 리오하 레세르바 2011년산, 역 안으로 미끄러지듯 걸어들어갈 때 울려퍼지는 플랫폼 안내 방송, 탄탄하고 날렵한 통근용 자전거.

✦

무심하게 이웃집으로 걸어가는 한 여자, 맨발로 길을 지나고 뾰족뾰족한 자갈을 지나고 기분좋게 시원한 판석 위를 지나는 한 인간, 이 바닥 저 바닥을 거쳐, 한 인생에서 또다른 인생으로 건너가는 한 인간. 이제 진짜 드라마가 펼쳐진다, 여자 한 명이 벌이는 쇼가 아니라.

나는 문을 두드렸다.

나는 '마을 방범대' 스티커가 여섯 개나 붙어 있는 걸 보고는, 라턴 부인은 어째서 새 스티커를 받을 때마다 예전 스티커를 벗기지 않는지 궁금해했다. 어쩌면 자신의 자격에 무게를 싣기 위해서. 긍지를 위해서. 역사에 남을 만한 불침번의 증거로 삼기 위해서. 왜냐하면 그녀는 등신이니까.

+

그녀가 문을 두드렸다. 나는 현관문 구멍으로 그녀의 바보 같은 얼굴을 내다보고는, 졸리 로이드는 어째서 얼굴이 저렇게 예쁘면서 부스스한 머리로 그 얼굴을 가리고 있는지 궁금해했다. 어쩌면 멋으로 그러는 걸지도 모르지. 아니면 부끄러워서. 음란

한 남편이 자기를 쳐다보지 못하게 하려고. 왜냐하면 그녀는 멍청하니까.

+

나는 그녀가 쌕쌕거리며 다가오는 소리를, 슬리퍼를 질질 끌며 복도를 걸어오는 소리를, 동화 속에 나오는 마녀처럼 혼자 궁시렁대며 재잘거리는 소리를 들을 수 있었다. 나는 그녀가 안에서 가짜 튜더 양식 문의 빗장 몇 개를 여는 소리를 들었다. 그녀는 문틈 사이로 밖을 엿보더니 목소리를 낮게 깔며 말했다, 오.

+

나는 그녀가 밖에서 기다리는 모습을, 머리 타래를 손가락으로 배배 꼬는 모습을, 입술을 깨물고 불안한 십대 소녀처럼 조바심내는 모습을 보았다. 나는 빗장을 천천히, 한 번에 하나씩 열며 기쁨을 맛보았다. 나는 그녀를 보고 놀란 척을 하며 쾌활하게 말했다, 오!

+

나는 말했다. 안녕하세요 라턴 부인, 혹시나 해서 여쭤보는 건
데 저희 래니를…… 그 순간 그녀가 끼어들었다.

당신은 배운 사람인가요?

뭐라고요?

좋은 학교를 나왔나요?

실례합니다만, 라턴 부인, 저는 단지 저희…… 그리고 그녀가
또다시 끼어들었다.

왜냐하면 나는 '도로변 주차 금지'라는 말이 그냥 초등교육만
받은 사람도 충분히 이해할 수 있는, 충분히 납득할 수 있는 말이
라고 생각했거든요.

아, 그 일은 죄송했어요. 그건 로버트 친구의 차였고, 부인이
와서 벨을 누르자마자 바로 차를 뺐어요. 죄송해요. 그런데 혹시
부인께서 오늘 래니를 보신 적이 있나요?

여자아이요?

음, 저희 아들이요. 남자아이예요. 래니 아시잖아요.

그러자 그녀는 문을 쾅 닫아버렸다.

✝

나는 생각했다. 이번에야말로 이 주차 문제를 완전히 해결하고야 말겠어. 하지만 그녀가 끼어들었다.

내가 그 꼬마를 보았느냐고?

뭐라고?

내가 래니를 보았느냐고?

실례합니다만, 나는 말했다. 난 당신을 우리 마을에 받아들이는 위험을 감수했을 뿐 아니라, 도로변에는 주차를 하지 마시라고 특별히 부탁까지 드렸어요.

그녀는 겉만 번드르르한 남편과 스포츠카를 모는 그의 공모자에 대해 어쩌고저쩌고 중얼거리더니, 화제를 그 별난 꼬마 아이로 돌리려 했다.

어쩜 그렇게 무례한지.

정말 죄송한데 내가 지금 좀 바빠서요, 나는 말했다.

나는 정중히 문을 닫았다.

✦

나는 얼굴을 붉혔고 차오르는 눈물에 눈이 따끔거렸다. 대립을 싫어하는 나로서는 그 상황이 당황스러웠다. 나는 격분했다. 숨을 깊이 들이마셨다. 라턴 부인은 내게 이럴 수 있는 사람이다. 전에도 그런 적이 있다. 남편은 내가 그녀를 두려워하고 경

멸한다는 사실, 그녀에게 집착한다는 사실, 그녀가 나를 그토록
화나게 할 수 있다는 사실을 재미있어한다. 그는 내가 라턴 부인
을 살해할지도 모른다며 농담을 한다. 이곳, 우리가 이사온 이
마을에서 나를 화나게 하는 것들에 대해 농담을 하는 것은 남편
이 누리는 특권 중 하나다. 내가 역겨운 할망구를 붙잡고 도와달
라고, 혹시 오늘 오후에 내 아이가 돌아다니는 걸 봤는지 물어보
는 빌어먹을 몇 초 동안만이라도 좋은 사람이 되어줄 수 없겠느
냐고 애원해야 하는 이곳에서, 우리가 이사온 이 마을에서, 남편
은 매일매일 벗어날 수 있으니까.

✛

　나는 그 일에 대해 생각해보고 꽤나 우쭐함을 느꼈다. 나는 분
명 그녀의 코를 납작하게 해주었고, 그랬다는 사실이 만족스러
웠다. 마음이 후련했다. 그녀가 한 행동을 곰곰이 생각해봤다.
그들은 아직 이곳에 온 지 얼마 되지 않았다. 그들은 도로변에
차를 댔다. 그녀의 남편은 이 마을을 마치 잠을 자고 배터리를
충전하는 곳, 신선한 공기나 좋은 학교를 찾아 클래펌이나 어느
다른 지독한 곳에서 온 친구들에게 자랑거리로 삼을 견본용 마
을쯤으로 여기고, 나는 별 대수롭지도 않은 부탁, 비싼 돈을 들

여 다시 잔디를 심어놓았으니 도로변에는 차를 대지 말아달라는 부탁을 아주 정중히 했을 뿐인데, 그녀는 마치 아무 일도 없었다는 듯 우리집 문 앞에 나타났고, 나는 그녀를 억지로 구슬려 사과를 받아내야만 했는데, 그녀는 오로지 자신의 떠돌이 아이에게만 신경이 팔려 있었다.

+

나는 무릎을 굽힌 채 우편물 투입구를 통해 큰 소리로 말했다,

라턴 부인, 혹시 래니 보셨나요?

+

그 여자가 우리집 우편물 투입구를 열어젖혔다니 믿어져?

그러고는 내게 욕설을 퍼부었다고!

+

나는 들끓는 굴욕감과 좌절감 때문에 어린애처럼 굴었다. 로버트에게 보여줄 수 있게 그 모든 광경을 휴대폰 동영상으로 찍어뒀더라면 좋았을걸. 나는 다음 소설에서 딱 봐도 라턴 부인임을 짐작할 수 있는 누군가를 살해할 것이다. 나는 격분했다.

✛

나는 그녀가 보인 부적절한 행위와 공격성에 솔직히 꽤 당황했다. 그 상황의 목격자가 되어줄 누군가가 있었다면 좋았을 것이다. 마음의 안정을 되찾으려면 〈다락방의 골동품〉을 적어도 두 편은 봐야 할 것 같았다. 나는 격분했다.

✛

만일 우리가 우리의 감정을 솔직하게 말한다면 어떻게 될까?

✛

만일 누군가가 자신의 감정을 솔직하게 말한다면 어떻게 될까?

＋

　만일 우리, 이 빌어먹을 노인네들의 너무나도 예의바른 아들 딸들인 우리가 그들의 비뚤어진 세계관을, 그들의 터무니없는 사리사욕과 하찮은 권위를 실제로 나무라기 시작한다면 어떻게 될까? 만일 내가 정말로 라턴 부인을 살해한다면 어떻게 될까? 세상은 더 살기 좋은 곳이 될 것이다. 그녀의 집 문을 박차고 들 어가 이렇게 다시 묻는다면 얼마나 멋질까: 나는 그저 당신이 내 아들을 봤는지 궁금했을 뿐이야, 이 끔찍한 년아, 이 지린내 나 는 더러운 할망구야. 그건 그렇고, 난 당신이 너무 너무 너무 싫 어. 당신의 카펫과 토스트에서 나는 악취가 혐오스러워, 실크컷 담배, 마멀레이드, 가스랑 골동품의 악취도. 나는 누렇게 얼룩지 고 램스이어처럼 허옇게 각질이 인 당신의 윗입술, 처칠의 손가 락을 닮은데다 퍼그처럼 주름진 손마디마다 잔뜩 끼워져 있는 대대로 물려 내려온 반지들, 당신의 넓고 눅눅한 집구석, 당신의 더러운 손에 쥐어진 채 당신이 보는 고약한 신문의 퍼즐을 푸는 데 쓰이는 무거운 은색 볼펜을 생각만 해도 구역질이 나.

　오 세상에, 이런 끔찍한 할망구, 당신은 이곳에 존재하는 것들 중 가장 최악이야. 이 영국 마을에 존재하는 것들 중 최악이라고. 당신은 영국에서 가장 최악의 존재야. 그리고 온 마을을 통틀어서도. 다른 좋은 사람이 여기로 이사올 수 있게 당신이 죽어버렸으면 좋겠어.

+

만일 우리, 전쟁을 기억하는 세대인 우리가 특권 의식으로 가득찬 이 끔찍한 젊은이들에게 이 나라는 우리가 싸워서 얻어낸 것이라고, 소속감이란 그렇게 간단하게 휴대폰으로 살 수 있는 게 아니라고 실제로 말한다면 어떻게 될까. 그녀는 내게 덤벼들었을지도 모른다. '래니는 어디 있어'라고 외치며, 마치 내가 그 애를 식품 저장실에 숨겨두기라도 한 것처럼. 나는 경찰을 부를 수도 있었다. 그러면 머리를 바보처럼 하고 이상한 노래를 부르며 멍하니 돌아다니는 집시 꼬마를 잃어버렸다며 이곳에 와서 소리를 지르고 문을 두드리는 짓은 하지 못했을 것이다. 나는 그녀에게 이곳의 진짜 공동체, 그녀 같은 사람들이 집을 사들이고 우스꽝스러운 개방형 부엌과 유리벽을 설치한 덕분에 완전히 사라져버린 공동체에 대해 말해주고 싶다. 물론 이름도 가짜인 이 젊은 여자가 이런 문제를 조금이라도 이해하리라고 기대하는 건 순전히 미친 짓이겠지, 그녀는 망할 외국인이나 다를 바 없다.

나는 그녀가 이 공동체에 끼칠 영향이 걱정된다. 규범이 무너질까봐 걱정된다. 이 나라가 걱정된다. 그녀가 이곳에 싫증이 나서 다른 제대로 된 누군가에게 집을 팔아버렸으면 좋겠다.

+

하지만 나는 우편물 투입구를 통해 차분하고 다정하게 말했다:

라턴 부인, 저희 친구가 공용 도로변에 차를 댔던 일은 사과드릴게요. 꼭 좀 부탁드려요, 만일 래니를 보시거든 저한테 전화 좀 해주시겠어요? 그럼 정말 감사하겠습니다. 래니는 오후 내내 집에 들어오질 않고 있고 날은 점점 어두워져서요. 감사합니다. 그럼, 이제 가볼게요.

+

하지만 그녀는 곧장 자신의 행동에 문제가 있었음을 깨달은 듯했다:

라턴 부인, 저희에게 베풀어주신 커다란 친절에 정말 감사드립니다. 꼭 좀 부탁드려요. 만일 래니를 보시거든 전화를 해주시겠어요? 저희는 걱정이 돼요. 래니가 미술 수업이 끝난 후로 집에 돌아오지 않고 있어서요. 감사합니다. 부인께선 정말 친절하세요.

+

집 앞 진입로를 반쯤 내려왔을 때 우편물 투입구가 열리며 경첩에서 끼익 소리가 나는 걸 들었다. 뒤돌아선 나는 열린 우편물 투입구를 안쪽에서 붙들고 있는 라턴 부인의 작은 손가락 끝을 보았고, 그녀는 두 마디 말을 하더니 투입구를 쾅 닫았다. 그녀가 말을 내뱉었을 때 나는 그 말이 그녀에게서 도망치듯 길을 굴러내려와 내게로 오고 있다고 상상했다. 나는 거의 그 말을 주워 들고 타르가 섞인 침을 깨끗이 닦아낸 다음 호주머니에 집어넣을 수 있을 것만 같은 기분이었다.

+

미치광이 피트.

✛

그녀는 발을 질질 끌며 진입로를 내려가고 있었지만 나는 아주 당연한 사실을 함구하고 있을 수는 없다고 느꼈다. 나는 그녀가 뒤돌아설 때까지 기다렸다가 우편물 투입구를 통해 아이가 있을 거라 생각되는 곳을 말해줬다. 그녀는 전혀 반응이 없었다. 마치 내가 한 말이 그녀에게 가닿는 과정에서 약간의 지연이 발생한 것처럼. 나는 거의 내가 내뱉은 말들을 앞질러 걸어간 다음, 그녀의 이상한 머리 바로 옆에다 대고 그 이름을 말해줄 수 있을 것만 같은 기분이었다.

✛

미치광이 피트.

✛

그러고는 래니라는 말이 저녁의 나뭇가지에 매달린 꽃들처럼 활짝 피어나기 시작했다. 이상하리만치 비정상적으로 솟아나는 래니라는 말.

안녕하세요, 저 졸리예요, 혹시 래니 보셨나요?

+

아치, 혹시 지금 래니랑 같이 있니?

+

시오, 학교 끝나고 래니 본 적 있니?

+

래니 엄마가 우리한테 혹시 래니를 봤냐고 묻네요.

+

졸리가 우리한테 혹시 래니를 봤냐고 묻는 문자메시지를 보
냈어.

✛

페기네 집에 가서 혹시 래니를 봤는지 물어봐주실 수 있을까
요?

✛

래니 엄마가 혹시 래니를 봤냐고 묻는 전화였어. 보아하니 래
니가 늙은 남자친구랑 함께 있진 않은 모양이로군.

✛

그녀가 집으로 전화해서 미안하다고 말했어. 나는 괜찮다고
했지. 그때는 일곱시 오십분이었고 나는 거품을 낸 개수대에 접
시들을 막 담가둔 참이었어.

난 래니가 평소처럼 경쾌한 발걸음으로 학교를 떠났다고, 평
소와 다른 점이 있다면 스포츠용 운동화를 들고 간 것뿐이라고
말했어. 래니가 작은 운동화 가방을 들고 있었던 걸 똑똑히 기억
하거든.

나는 아마 래니는 피트에게서 미술 수업을 받고 있을 거라고 했는데, 그녀는 아니라고, 피트는 오늘 런던에 가 있다고 말했어.

✝

그 잘나신 분께서 겁에 질린 목소리로 전화를 주셨어. 늘 남편 없이 다니는 여자 있잖아. 그 이상한 애가 없어졌나봐.

✝

날이 어두워지고 있다.

✝

그러고는 피트라는 말이 저녁의 나뭇가지에 매달린 꽃들처럼 활짝 피어나기 시작했다. 이상하리만치 비정상적으로 솟아나는 피트라는 말.

✝

저런, 미치광이 피트가 얕은 무덤을 파고서 애를 묻어버린 거야, 큭큭.

✛

그 여자 싫어, 좋았던 적이 없지. 잘난 체가 너무 심해.

✛

그는 자동차 스피커로 전화를 받는다, 그래, 그는 집으로 돌아오는 중이다, 그렇다 그는 래니가 보이는지 잘 살필 것이다, 어쩌면 래니가 자기 야영장 같은 데서 집으로 먼 길을 돌아오고 있을 경우에 대비해 마을 외곽을 둘러보고 올지도 모른다. 그래, 그는 피트네 집에 들를 것이다. 그래, 그가 생각하기에도 좀 이상하긴 하지만 아마 별일은 없을 거다, 젠장 고맙게도 오늘은 금요일이고 나는 베이컨을 두른 치킨을 내놓을 준비가 되어 있다, 나는 그 망할 음식을 내 뱃속에 처넣을 준비가 되어 있다.

✛

안녕하세요 줄리 저 로라예요, 벤 엄마요, 방금 메시지 봤어
요─

졸리.

네?

졸리예요, 줄리가 아니라.

아, 미안해요. 졸리.

괜찮아요. 무슨 말씀을 하려고 하셨죠?

아, 벤이 그러는데, 오늘 오후에 래니가 학교 마치고 시내 중
심가 쪽으로 내려가는 걸 봤대요.

내려갔다고요?

네, 그러니까 시내 쪽으로요, 시내 반대쪽이 아니라.

그렇군요, 고마워요 로라, 알려주셔서 정말 감사해요. 래니는 아마 친구 집에 차를 마시러 간 걸 거예요, 지금 당장이라도 뛰어들어오지 않을까 싶네요. 전화 주셔서 감사해요.

네, 그럼 잘 지내요 줄리. 오 이런 세상에 내 정신 좀 봐, 미안해요, 졸리!

+

피트네 집은 잠겨 있다, 어둡다. 나는 안을 들여다본다. 부엌 창문을 똑똑 두드린다. 창턱에 온갖 종류의 괴상한 돌들이 일렬로 늘어서 있다. 안에 구멍이 나 있는 돌들.

피트?

나는 그들이 혹시 작업실에 있지 않을까 하는 생각에 집 뒤쪽을 돌아다녀본다.

래니 귀염둥이?

랜몬스터?

랜디드노*?

바보가 된 기분이다. 래니는 여기 없다.

피트네 집 정원 가장 안쪽에는 섬유 유리로 된 어마어마하게 큰 나무 그루터기가 있다. 나는 늘 그 속이 비어 있는지 궁금했었다.

나는 길게 자란 풀밭을 가로지르며 살금살금 걸어간다. 녹이 슨 물감 통과 반쯤 완성된 액자, 뒤틀린 나무 조각, 판석 조각, 테이블과 끈, 동물들의 머리와 도무지 정체를 알 수 없는 반쯤 완성된 조각품 혹은 쓰레기 혹은 둘 다인 것들을 넘으면서, 나는 마법에 걸린 듯한 이 영역에 폴 스미스 정장 차림으로 발을 디딘 사람은 내가 최초라는 확신을 느끼고, 나무에 가까이 다가갈수록 래니가 그 안에 숨어 있다가 밖으로 뛰쳐나와 나를 깜짝 놀래

---

* Llandudno. 웨일스 북서부에 위치한 휴양지.

줄 거라는 아주 큰 확신을 느낀다. 그래서 말한다. 래니? 그리고 윗부분이 뚫린 그루터기 위로 뛰어오르며 소리친다. 잡았다!

찾았다.

래니는 나무 안에 없다.

잡았다.

나무 안에는 잡초와 쓰레기뿐이다. 나는 살짝 겁이 난다. 정원을 돌아보며 피트의 집이 나를 지켜보고 있다고 느낀다. 피트의 정원에 있는 이 모든 구닥다리 물건들과 자질구레한 장식품들은 내가 하는 바보짓을 목격했다. 아들이 가짜 나무 안에 숨어 있는 걸 발견하지 못하는 나의 모습을 목격했다. 당연히 래니는 가짜 나무 안에 숨어 있을 리 없다.

나는 생각했다: 제발, 래니, 엄마 좀 약 올리지 말고. 집으로 돌아오렴.

+

졸리한테 전화해서 래니가 돌아왔는지 확인해봐야 할까?

이제 어두워졌잖아, 돌아올 거야.

요정들이랑 어디서 놀고 있을 거야, 그 아이는.

+

오븐에 넣지 않은 치킨. 절대 요리되지 않을 상태로 놓여 있는 치킨.

+

여자는 자리에서 일어난다. 마치 아무 일도 없는 것처럼. 그리고 전화기를 바라본다.

+

피트가 자기한테 휴대폰이 있다고 했던가?

✚

이제는 정말로,

이제는…… 아니 아무것도 아니야.

아냐 계속 말해봐.

이제는 정말로 걱정이 되기 시작한다.

✚

미술가 피터 블라이스 씨요?

네, 그분이요. 혹시 그분을 보시면 저희한테 전화 좀 해주실래요?

✚

시간은 갑자기 밤 열시가 되었고, 집안에, 우리의 가슴속과 목 구멍에 메스꺼움이 치밀어오르기 시작했다. 우리의 팔은 감기에 걸린 것 같았고, 방광은 윙윙거렸으며, 피부는 팽팽하게 조여들었다. 왜냐하면 우리는 시간이 흘러가고 있다는 사실을 알았고 그 시간은 불쾌했으니까. 그렇게 평범한 저녁이 몹시 걱정스러운 저녁으로 변했다가 다시 무시무시하고 끝없는 밤으로 변해갔다. 더이상 졸리도, 로버트도, 가족도, 이야기도 없다. 시간은 빌어먹을 열시인데 래니는 어디 있는지 알 수 없고, 사실을 말하자면, 날이 어두워졌는데도 래니가 집에 돌아오지 않은 적은 한 번도 없었다. 실은 한 번 그랬던 적이 있긴 한데, 혼자는 아니었다. 지금 래니는 피트와 함께 있지 않고 아치나 앨프네 집에서 자고 오는 것도 아니다. 로버트는 자이언츠필드까지 걸어갔다. 그는 연날리기를 하는 들판 꼭대기에서 큰 목소리로 길게 래니를 불렀고, 만일 래니가 그 숲에 있었더라면 장난을 친답시고 대답을 안 하지는 않았을 것이다. 그레그도 주변을 돌면서 래니를 소리쳐 불렀고, 샐리도 마을 주변을 아홉 바퀴 돌고 시내까지 차로 천천히 오가면서 래니를 찾았다. 래니는 장난꾸러기이지만 그 정도로 장난꾸러기는 아니다. 래니는 장난꾸러기가 아니다. 래니가 장난이 심하다는 얘기를 우리는 해본 적도 없다. 래니는 장난꾸러기가 아니다. 래니는 우리를 피해 숨지 않는다. 대체 얘가 어디로 간 거야 우리는 계속 묻는다 어디서 뭘 하고 있는 거지, 래니가 무슨 장난을 치고 있는 거지, 우리는 그런 말을 많이 했다. 장난, 놀이, 래니가 하는 게임 중 하나, 래니의 기이한 장난들 중 하나.

✝

나는 정신을 똑바로 차리고 있었다. 아드레날린. 졸리의 부모님은 말한다. 왜 경찰에 연락하지 않은 거니 래니는 어린애야 래니는 어린 소년이야 세상에 도대체 왜 경찰에 연락하지 않은 거니 대체 둘 다 집에서 뭐하고 있는 거야, 둘 중 한 명은 집에서 전화기 옆에 대기하고 있고 나머지 한 명은 손전등을 들고 밖으로 나가서 애를 찾아야지, 래니의 야영장에 가봐야지, 교회 묘지에 가봐야지, 운동장에 가봐야지, 질척한 늪에 가봐야지, 버스 정류장에 가봐야지, 마을회관에 가봐야지, 술집 주차장에 가봐야지, 호랑가시나무 산울타리에 가봐야지.

✝

찾았어? 그리고 그녀는 말한다, 아니, 집으로 돌아와, 경찰이와 있어.

✛

집으로   돌아와

✛

밖은 어둡다

✛

페기는 자기 집 문 앞의 어둠 속에 선 채 지켜보고 있다.

✛

많은 사람들이 왔다.

✛

그들이 가서 그의 집을 수색중이야. 그러니 농담은 그만두자, 심각한 상황이라고.

✛

우리 모두 한숨도 못 잤다.

✛

망할 사이렌소리랑 불빛. 이봐, 진짜 경찰이 떴어.

✛

나는 커튼 밖으로 그곳에 비치는 불빛과 거리를 이리저리 오가는 온갖 사람들을 내다보고는 글로리아에게 말했다: 이게 바로 갑자기라는 말이 뜻하는 것이로군. 한 선생님이 언젠가 내게 '갑자기'라는 말은 게으르다고 했어. 그리고 멋지다고도.

그런데 갑자기 벌어진 이 상황은, 글로리아, 전혀 멋지지가 않아.

✚

이건 우리가 텔레비전에서 보는 것과는 다르다. 그것은 밤과 낮을 게걸스레 집어삼켰고, 모두가 시간 감각을 잃었으며, 안 좋은 소문이 잔뜩 나돌고 있고, 우리가 아는 거라고는 피트가 심문을 위해 불려갔다는 사실뿐이다. 망할 놈의 피터 블라이스.

✚

우리집에는 스물 세 명의 사람이 들어와 있고, 진입로에는 한 무리의 사람들과 차와 승합차가 잔뜩 몰려와 있으며, 지붕 위에는 한 사람이 안전장치를 착용한 채 올라가 있다.

✚

방금 그 말 취소하는 게 어때, 스튜어트? 바로 지금 이 순간에도, 수백 명의 사람들이 그들의 육아 방식에 대해 비난을 퍼붓고 있어. 평가하고 있어. 온갖 이야기를 떠벌리고 있다고. 당신까지 꼭 거기 동참해야겠어?

+

이봐, 로버트. 날 좀 보게, 친구. 날 좀 보라고. 만일 그놈이 아이의 머리 털끝 하나라도 손댔다면, 내가 맨손으로 그놈을 찢어발기고 말겠어. 가슴을 열어 심장을 끄집어낸 다음 바닥과 하나가 될 때까지 마구 짓밟아주겠어.

+

그들이 아이를 그 남자와 단둘이 내버려뒀다니, 그것도 수도 없이 그래왔다니 도저히 믿을 수가 없어.

+

나는 불쌍한 졸리의 양손을 쳐다보고 있다. 손톱과 손끝을 죄다 잘근잘근 물고 씹어서 누더기가 되어버린 손. 그녀는 말한다, 제발요, 제발 이해해주세요, 저도 더이상은 모르겠어요. 시간 감각이 엉망이 되어버렸어요. 어제가 몇 주 전처럼 느껴졌다가 또 오늘 아침처럼 느껴져요, 모든 게 혼란스럽고 뭐가 뭔지 하나도 모르겠어요. 죄송해요. 경찰관은 그녀에게 사과할 필요는 없다고 말한다. 나는 퍼거스와 눈이 마주치고, 우리는 구실을 만들어 그곳을 빠져나온다, 불쌍한 사람들.

+

헬리콥터 한 대가 마을 위를 맴돈다. 천장을 들볶는 뚱뚱한 벌처럼.

+

뉴스 속보, 어린아이와 어울려 노는 결백한 노인 같은 건 존재하지 않는다.

+

다시 밖으로 나간다. 잠이 오질 않는다. 나와 남자아이들은 미치광이 피트의 집을 중심으로 둥그렇게 원을 그렸고, 창문을 향해 벽돌을 던지기까지 했다. 우리는 그애를 찾아내고야 말 거다.

+

그녀가 갑자기 브레이크를 밟았다. 내 몸은 안전띠에 가로막히며 뒤로 튕겼다. 사이드미러를 통해 그녀가 나를 향해 고개를 가로젓는 모습이 보였다. 경찰차에 타고 있자니 겁이 났다.

지금 이게 얼마나 심각한 상황인지 이해하실 거예요, 그렇죠, 피터?

✛

아동 성폭력, 납치, 학대, 추행, 체포, 유괴, 나는 이런 엄청나게 심각한 이야기들로 그저 정신이 혼미해져서 거의 어쩔 줄을 몰랐고, 그래서 우리 중 몇몇은 술집으로 가서 다른 사람들, 낯선 이들과 어울리며, 이런 맙소사 어떤 노인이 소년을 유괴했대 어쩌고 하는 소리를 떠들어댔다.

✛

가만히 심호흡을 하자, 내 심장박동이 시간-시간 시간-시간 하고 말하며 뛴다. 빨래를 널 시간, 래니를 데려올 시간, 더 열심히 생각하면, 래니의 목소리가 들려온다.

　안녕 엄마, 별일 없었죠,

　차는 뭐예요, 오늘은 배가 너무 고파요.

　✝

　그들은 계속해서 내게 무슨 권리가 있는지를 말하고, 원한다면 음식을 요구할 수 있다고, 필요하다면 화장실에 갈 수 있다고 말한다. 길게 늘어선 흉측한 형광등 불빛, 가방 속에 든 나의 물건, 다른 사람들이 도착하기 전까지는 누구도 나를 심문할 수 없게 되어 있고, 아주 연한 푸른빛이 도는 그 몰개성적인 방에 누군가가 들어올 때마다 나는 내가 래니에게 손을 댈 사람이 아니라고 말하고, 오 분에 한 번씩 래니에게 무슨 일이 생긴 거냐고 묻는다. 그들은 나의 지문과 구강 상피세포를 채취하고 나의 손을 닦아내며 당신의 동의를 받을 필요는 없습니다, 라고 마치 내가 그 일을 망설이기라고 했다는 듯이 말했고, 지금 우리에게 털어놓는 편이 더 나을 겁니다, 지금 당장 말이에요, 피트, 라고 말했다. 당신은 결백한가요, 피트, 나 피트가 결백하냐고, 5번 방으로, 5번 방 인터뷰, 기차표와 옷, 우리집에 사람들이 가 있나요, 철도공사에서 보낸 CCTV와 코크 스트리트에서 찍힌 CCTV를 기다리는 중이야, 네 그래요 선생님, 선생님 집에는 사람들이 가 있고 당신은 아이가 어디 있는지 우리에게 말해주셔야 합니다, 아마 당신은 우리가 필요하다면 무슨 일이든 할 수 있는 사람들 이라는 걸 알게 될 거예요 블라이스 씨, 그리고 그들 중 하나가 속삭인다, 내가 거의 뭐라고? 왜냐하면 그들은 그렇게 생각하니 까, 당신은 그렇게 생각하니까, 우리는 알고 있으니까, 내가 래 니에게 무슨 짓인가를 저질렀다고, 그러니까 솔직히 다 털어놓 으라고 이 한심하고 답답한 양반아, 아뇨 차나 변호사는 필요 없 어요 저는 줄리나 로버트를 만나고 싶습니다, 집에 가고 싶어요, 래니를 찾는 일을 돕고 싶어요, 그러자 어쭈 이것 봐라 이 정신 나간 촌뜨기가, 어디서 뻔한 개수작이지, 그리고 나는 갑자기 우 리 엄마나 갤러리 운영자나 벤이나 그 누군가가 이렇게 말해줬 으면 좋겠다는 생각이 든다, 나는 정신이 나가지 않았다고, 나는 완전 유명한 예술가라고, 그건 아무래도 좋아요, 그런 건 상관없 습니다, 아시겠어요, 아니, 나는 창고에 쌓아둔 옛날 작품 몇 개 만 팔아도 이 경찰서를 통째로 사버릴 수 있는 사람이야, 래니가 이 사람들에게 해명해줬으면 좋겠다, 그냥 한번 보라고, 날 여 기서 꺼내줘, 방금 당신에 대한 글을 좀 읽었습니다, 예전에 꽤

198

나 악명 높은 분이셨더군요, 래니를 내게 데려다줘요, 그러니까 제 말이 바로 그 말입니다, 블라이스 씨, 래니가 어디 있는지 우리에게 말해주셔야 해요, 꽤나 문제적인 인물, 제발 진정하세요, 부모들이 당신의 작품에 대해 알고 있었습니까, 그 충격적인 작품들에 대해 말입니다, 좋아요 지금 취조실에 출석한 사람들은, 아이를 마지막으로 본 게 언제죠, 또다시 테이프가 돌아간다, 다들 준비해, 차를 드시고 싶으면 언제든지 말씀하세요, 블라이스 씨, 마이어스코 경감한테서는 아직 아무 연락이 없나, 우리도 같은 심정이에요, 피트, 녹음기가 있는 쪽으로 좀더 가까이 가주실 수 있을까요, 다들 같은 걸 원해요, 여기 물이랑 휴지 좀 갖다주지 않겠나, 다들 어린 래니가 집으로 안전하게 돌아오길 원해요.

+

래니가 당신 휴대폰 안에 숨어 있을 리는 없잖아, 이 도시 촌놈아, 밖에 나가서 래니를 찾아봐. 나가서 찾으라고. 지금 당장.

+

수프와 기도. 그리고 또다시 수프와 기도. 친애하는 여러분,

그동안 우리는 이런 사태에 대비해 훈련을 해왔습니다.

✦

대체 왜 아이의 책가방이랑 운동화 가방이 당신의 헛간에 있는 겁니까?

그애가 거기 뒀나보죠.

다시 대답해보세요.

그 아이가 왔다가 거기 두고 갔나보죠. 래니는 전에도 그런 적이 있어요. 래니는 우리집을 자유롭게 드나든다고요.

왜 그것들을 거기 숨겨둔 겁니까?

숨긴 적 없습니다.

당신은 그 가방 두 개를 헛간에 둔 게 당신이 아니라고 법정에서 증언할 수 있습니까?

네, 그렇습니다.

당신의 말이 사실인지 아닌지를 판가름할 수 있는 과학수사가 본격적으로 진행될 겁니다. 블라이스 씨.

차 한잔만 주세요. 씨발 진짜 미쳐버리겠네.

다시 한번 말씀드리지만, 욕설은 삼가주세요.

✝

그녀가 말했다. 아마 우리 모두의 짐작이 맞을 거야. 그리고 내가 말했다. 아냐 그렇지 않아 엘런, 그렇지 않다고. 그건 생각할 수도 없는 일이야. 그런 생각 하지 마.

✝

들판 위에 불룩 튀어나온 것들이 죄다 몸을 웅크린 아이로 보인다. 내 속은 눈물에 젖어 있다.

✚

분명히 말하자면, 우리는 살아 있는 아이를 찾고 있습니다. 이 수색은 실종된 아이를 찾기 위한 것입니다. 통계상으로 볼 때, 향후 여섯 시간 이내에 래니가 추위에 떨고 미안해하면서 집으로 돌아올 가능성도 충분히 있습니다.

✚

에드워드, 만일 당신이 음모론이나 계략 운운하면서 내게 한 마디만 더 늘어놓으면 하늘에 맹세코 당신과 이혼할 거야. 그냥 닥치고 있어, 이번만은 그냥 입다물고 있으라고. 아니면 밖에 나가서 그애를 좀 찾아보든가.

✚

녹음 기록을 위해 지금 저희가 뭘 보고 있는지 설명해주시겠습니까, 제 작업실에서 가져온 어떤 겁니다. 좀더 구체적으로 설명해주시겠습니까, 이것은 어떤, 제발요 이건 말도 안 되는 짓이에요. 부탁드립니다. 래니의 이름을 적은 것입니다. 네 계속해 주세요. 래니의 이름을 여러 번 적은 것입니다. 정확히는 쉰다 섯 번입니다 피터. 블라이스 씨 이건 거의 강박에 가까운 행동이 라고 생각지 않으시나요. 이건 그냥 낙서예요. 저는 글자를 자르는 작업을 합니다. 활자 작업을 해요. 그냥 정신이 딴 데 팔린 상 태에서 끄적거린 거라고요. 하지만 이걸 쓰는 동안에는 틀림없 이 그 아이를 생각했을 텐데요. 아뇨. 아니라는 말씀은 생각하 지 않았다는 뜻인가요. 아뇨. 당신들이 상상하는 그런 게 아니라 는 뜻이에요. 생각이야 했을 수도 있겠죠. 제가 보기에는 연애편 지 같은데요. 그냥 얼핏 보기에도 좀 강박적으로 보이는 듯합니 다. 전혀 그렇지 않아요. 녹음 기록을 위해 지금 저희가 뭘 보고 있는지 설명해주시겠습니까. 그냥 우리가 대신 대답할 수 있다 면 좋을 텐데. 제 작업실에서 가져온 어떤 겁니다. 잠을 몇 시간 못 잤어요. 녹음 기록을 위해 설명해주시겠습니까. 이건 제 스케 치북의 한 페이지예요. 계속해주세요. 이해가 안 됩니다. 당신들 이 질문을 했고 나는 가서 래니를 찾는 일을 돕고 싶다고 대답 했어요. 이 상황이 이해가 안 된다고요. 블라이스 씨 그 종이에 는 뭐가 그려져 있나요. 이건 두 사람이 섹스를 하고 있는 그림 입니다. 그냥 그림이에요. 그냥 그림은 아닌 것 같은데요. 제 집 에는 아마 그림이 이만 점은 있을 거예요. 저는 생각하지 않습니다, 그냥 작품을 만들 뿐이에요. 저는 수십 년 동안 작품을 만들어왔습니다. 그 그림들 중에는 이런 것도 있죠. 블라이스 씨 그건 저도 알겠습니다만 혹시 '인체화'와 포르노 그림의 차이에 대해 설명해주실 수 있을까요. 아뇨, 음 블라이스 씨, 표현을 달리해보겠습니다. 이것들은 성행위에 몰두해 있는 양성구유적 인물들을 적나라하게 그린 그림입니다. 아뇨, 장미 향수를 뿌린 교양 있는 여자분은 어디로 간 거죠 그분은 내게 전혀 걱정할 필요가 없다고 했는데, 진정하시라는 말씀을 드려야 할 것 같습니다. 제발요, 아뇨, 그만하면 됐습니다. 잠시 쉬어도 될 것 같군요. 저는 지금 이 상황이 마음에 안 들어요 저는 기다리고 싶습니다. 잠깐만요, 어서요, 뭐지, 어서요, 저는, 오 하느님 이걸 달리 어떻게 설명해야 좋을지 모르겠군요. 당신 생각에는, 잠깐만요, 블라이스 씨 잠깐 쉬었다 합시다. 이건 그런 게 아니에요, 무슨 말씀인지 알겠습니다. 저는 늘 섹스에 대한 작품을 만들고 그려왔고 이거랑 그거랑은 아무 상관이 없어요 이게 무슨 미친 노릇인지, 축축하게 젖은 두 손 죄책감 죄책감 진정하세요, 뭐하자는 거예요 빅토리아시대의 외설 재판이라도 열겠다는 겁니까 몹시 불쾌하군요 다른 분을 불러주세요 이건 정말 말도 안 되는 짓이에요 사람들은 내 그림에 관한 책을 썼고 박사 논문까지 썼는데 이런 제기랄 이제 와서 이게 심각한 문제가 된다니 당신들은 대체, 이런 빌어먹을, 저 낙서는 성추행이랑은 아무 상관이 없고 난 그런 사람도 아닙니다. 오 세상에, 다른 분을 불러주세요. 그래서 당신은 미술 수업 도중에 래니한테 그런 짓을 한 적이, 아뇨 아뇨 아뇨 그만둬요 정말이지 믿을 수가 없군, 뭘 그만두라는 건가요 블라이스 씨, 제발 진정하세요, 블라이스 씨, 그가 손을 움직일 때마다 검은색 플라스틱 테이블 윗면에 땀에 젖은 손바닥 자국이 찍힌다 블라이스 씨?

그가 한쪽 손을 들어올린다

젖은 손바닥 자국이 그대로 남아 있다

그들의 목소리와 그의 목소리와 그의 머릿속에서 일어나는 생각들 사이에는 아무런 구별이 없고, 그는 자신이 그들의 머릿속에서 일어나는 생각들도 들을 수 있다고 믿는다

그가 한쪽 손을 들어올린다

그가 한쪽 손을 들어올리고 방안의 찬 공기는 손자국에 스민 수분과 열기를 앗아간다. 그러자 그는 다른 쪽 손을 내려놓으며

또다른 자국을 남기고, 로르샤흐테스트의 좌우대칭 무늬가 또다시 생겨나고, 열의 자국, 압력, 그러고는 점점 희미해진다.

그리고 그는 물방울을, 물로 된 작은 자루를 등에 이고 가는 개미들을 떠올리고 십대 시절 기이할 정도로 따스한 그리스의 바다에서 헤엄쳤던 일, 지역 주민들이 다이빙을 하는 곳이라고 알려준 절벽의 끝을 떠올린다. 그는 그곳에서 다이빙을 했고 물에 풍덩 빠지는 순간 얼음처럼 차갑고 신선한 물속의 공동空洞을 경험했다

쉭쉭 소리를 내는 미지근한 소금물을 가르는 얼어붙을 만큼 차가운 침묵의 통로

다이빙을 하고 또 했다

할 때마다 충격적이었다

전쟁을 벌이는 두 바다의 결혼식에 초대받은 손님처럼

다이빙을 하고 또 했다 블라이스 다시 물속으로 뛰어들었다

블라이스 씨

성경에 손을 얹고 맹세하는데, 그리고 제 사촌의 목숨을 걸고, 제가 지금까지 종이와 나무와 캔버스로 한 모든 작업에 대고 맹세하는데, 저는 절대 그 아이를 해할 사람이 아닙니다.

블라이스 씨?

녹음 기록을 위해 지금 저희가 뭘 보고 있는지 설명해주실 수 있을까요?

✦

승합차에 실려, 클로로포름으로 마취된 채, 도버로, 아래로 쭉 내려가서 프랑스, 스페인을 거쳐 모로코까지, 눈을 뜨고 깨어나 보면 입에 석류를 문 돈 많은 변태의 노리개 신세가 되어 있는 거지. 잘 자 로레인 나는 더이상 그 일에 대해 생각하고 싶지 않아. 우리가 어떻게 알겠어.

글쎄 누군가는 알겠지.

+

하루 종일 그리고 매일매일. 시계의 초침이 가시철사처럼 내게 상처를 입힌다.

+

한마디로 말해서, 안중에도 없었어. 따돌림이나, 경쟁이나, 교실에서의 정치적 문제들 같은 것은. 늘 어디론가 가서 요정들이랑 놀고 있었지. 하지만 아주 고상한 동시에 직관적이었어. 그 아이를 가르치는 건 즐거운 일이었어. 즐거운 일이지. 오 이런. 미안하구나.

+

나는 생각했다, 내가 어떻게 행동해야 하는 거지? 나는 다시 밖으로 나갔지만 수색팀은 너무나도 조직적이었고 다들 말했다. 집으로 가세요 로버트 가서 쉬어요, 그리고 나는 세상에서 가장 가망 없고 기만적인 인간이 되어 있었다.

+

당신은 아까부터 계속 그 얘기야. 똑같은 말 그만하고 우리가 알고 있는 사실에 집중하라고.

+

줄리언과 파이의 장남은 학위 논문의 주제로 피터 블라이스를 다룰 예정이었대. 그는 피터의 열렬한 팬이었거든. 이제 그는 논문 주제를 재고해봐야 해.

+

래니의 눈동자 색깔. 래니가 밥을 맛있게 먹고 나서 하던 주먹 인사가 아니라. 래니가 멘 배낭의 상표와 모양, 래니의 두 뺨에 걸쳐 이어지며 코 부분에서 살짝 위로 솟은 주근깨가 아니라.

나는 그들에게 말해줬다.

나는 잊어버렸다.

나는 그것에 관해 언급했다.

나는 기억한다.

래니의 눈동자 색깔, 래니가 노래하며 걷는 모습이 아니라. 래니가 멘 배낭의 상표와 모양, 래니의 손마디에 난 작은 상처가 아니라.

+

방안에 흐르는 침묵.

+

1970년대 시절의 피트를 찍은 저 사진 좀 봐, 머리끝에서 발끝까지 '문도그'*처럼 차려입고 있잖아, 그러니까 내 말은, 전과

---

* Moondog. 미국의 작곡가이자 시인인 루이스 토머스 하딘의 별명. 뿔 달린 헬

기록이 있는지 확인해봐야 할 것 같은 놈이란 말이지 안 그래?

✛

그녀가 벨벳처럼 부드럽고 전문가다운 목소리로 다시 말한다: 이런 상황에서 정상적인 반응 패턴 같은 건 존재하지 않습니다.

✛

마침내 유명해지다: 할머니는 역시 뉴스에 등장해 미치광이 피트가 법망을 요리조리 잘 빠져나갔다고 말했다.

✛

나는 말을 하고 있지만 어느 게 내 목소리인지 모르겠다. 나의 목소리 그리고 다른 수많은 목소리 그리고 래니가 아직도 나타나지 않았다는 사실이 안겨주는 귀가 먹먹할 정도의 소음.

멧을 쓰고 망토를 걸치는 등 바이킹 복장으로 유명했다.

+

번쩍이는 회색 정장 차림에 발에는 푸른색 비닐봉지를 씌운 채, 아이패드 두 개와 휴대용 화학 실험 도구를 들고 래니의 침대에 앉아 있는 이 남자는 누구지?

+

그들은 폐기의 장작 헛간을 조사해봐야 해, 그녀는 중세시대 이후로 아기들을 훔쳐왔으니까.

+

열다섯 명의 사람들이 동시에 이야기를 하며 A4 용지 한 장에 래니의 신상 정보를 옮겨 적고 있다, 실종자들의 바다에서 한 점 얼룩에 지나지 않을 그 실종 전단지.

+

이건 말 그대로 중대한 경기야, 다른 무슨 일이 생기든 우리는 그를 위해, 그 아이를 위해 승리해야만 해.

✛

내가 해줄 수 있는 말은 그의 집에서 아주 이상한 것들이 발견되었다는 사실뿐이고 너는 이 얘기를 못 들은 걸로 해야 돼.

✛

불면증은 악마의 소일거리란다, 아들아.

✛

누군가는 래니의 행방을 알고 있을 거야, 샐리가 사백오십번째로 말했고 나는 그녀를 죽여버리고 싶지만 그녀는 그동안 내가 바위처럼 의지할 수 있는 사람이었다. 샐리가 바위처럼 의지할 수 있는 사람이었던가?

내. 아들을. 찾아내. 남편을 내 아들과 바꿔줘, 남편을 데려가, 남편을 내 눈앞에서 사라지게 해줘, 모두를 내 눈앞에서 사리지

게 해줘. 두 눈을 감고 눈꺼풀 안쪽에 래니의 모습을 자세히 그릴 거야. 그건 오직 나만이 할 수 있는 일이고 그런 다음 눈을 떴을 때 눈앞에 래니가 있었으면 좋겠어.

+

상상해봐, 딱 십 분만이라도 저 여자의 처지가 되는 상상을 해보라고, 오 세상에.

+

이유는 딱 한 가지뿐이다: 부주의.

+

"하느님 제게 인내심을 주세요 그런데 좀 서둘러주세요!"라고 말하는 건방진 너구리 그림이 그려진 저 행주를 좀 봐, 정말 무신경하지 않아?

+

아동학대수사팀의 선임 경사인 개빈이 말한다. 로버트랑 이야기해봐. 로버트한테 어떻게 생각하는지 물어봐.

✛

한번 생각해봐, 자기 아들이 오후 내내 어디 있는지, 몇 날 며칠 동안 어디 있는지 전혀 모른다는 사실에 대해 한번 생각해보라고.

✛

나는 생각했다: 졸리의 아빠를 풀어놓자, 그가 피트를 살해하고 래니를 집으로 데려오게 만들자, 그가 나의 이불을 덮어주고, 나를 가르치려 들고, 나를 영영 업신여기고 어린애 취급하는 대신 래니가 진입로를 폴짝폴짝 뛰어올라오며, 아빠 무슨 일이에요, 할머니랑 할아버지가 여기서 뭘 하고 계신 거죠? 하고 말하게 하자.

✛

이건 묻고 넘어가야겠어. 당신은 피트가 래니를 죽였길 바라는 거야? 그랬기를 바라? 시체가 발견되길 바라는 거냐고?

+

친절한 애덤이 말한다. 실종 사건과 관계된 증거일 경우 DNA 감식을 우선적으로 진행하게 됩니다만 연구소는 런던에 있고, 또한 아주 분명히 말씀드리자면, 래니의 DNA는 요정의 마법 가루처럼 이 마을 전체에 흩뿌려져 있습니다. 분명히 말씀드리자면, 래니와 관련된 법의학적 증거가 사방에 널려 있다는 말입니다. 거리 위아래에, 회관 뒤쪽에, 술집 주변에, 적어도 열두 채 이상의 집에, 침실과 놀이방과 차고에, 숲속에, 공원에, 망할 나무 위에, 거친 말을 써서 죄송합니다. 천만에요 친절한 애덤 계속 말씀해주세요! 글쎄요, 이건 거의 래니의 냄새가 곧 마을의 냄새인 것이나 마찬가지이고 래니가 우리의 얼굴을 빤히 쳐다보고 있는 것이나 다름없습니다.

+

나는 바퀴 달린 쓰레기통이 보일 때마다 안을 들여다봤고, 뚜껑이나 쓰레기봉투를 열 때마다 죽은 아이의 시체를 보게 될 거라 예상했는데 그건 결코 만만한 일이 아니었어 그러니까 나는 오늘이 금주하는 날이긴 하지만 오늘밤 술을 마실 거야 알았어?

+

졸리와 롭은 이상한 커플이라고 내가 그랬어 안 그랬어, 글쎄, 피트랑 그 꼬마는 말할 것도 없고 말이야, 안 그래.

+

이 세상에 신뢰 따위는 존재하지 않는다. 그것은 해로운 신화다.

+

나는 온실에 있다. 온실은 엉망이다. 야심찬 채소 재배 계획은 수포로 돌아갔다. 화단에는 경찰들의 발자국이 찍혀 있다. 화분 하나는 박살이 났다.

씨감자 줄기 위에 작고 흰 꽃들이 피어 있고, 그래서 나는 줄기 하나를 움켜쥐고 위로 들어올린다. 그 자리에 생겨난 구멍 안에는 십여 개의 완벽한 새끼 감자들이 있고, 몇몇은 뿌리에 매달려 있다. 그리고 비닐봉지 하나. 나는 무릎을 굽힌다. 셔츠로 비닐봉지에 묻은 흙을 떨어낸다.

왠지 나는 이게 중요한 물건임을 직감하고, 그래서 은밀해진다. 고개를 돌려 나의 집을, 집안에 있는 사람들을 바라본다. 그들이 이걸 보게 되는 건 원하지 않는다.

그것은 냉동용 지퍼백이다. 안에는 래니가 글씨를 써놓은 종이가 한 장 들어 있다.

나는 가쁘게 숨을 쉬고, 뽑혀 나온 뿌리에서 떨어지는 흙처럼 가능한 시나리오들이 내 머릿속에서 떨어져 내린다.

하지만 내용은 생각보다 단순하다. 너무나도 전형적인 래니의 모습. 다정한 성격, 타인을 기쁘게 해주려는 마음, 앞날까지 헤아릴 줄 아는 매력.

"안녕하세요 씨감자 농사꾼 오늘은 드디어 씨감자를 수확하는 날입니다 만세!"

나는 아들이 백 일쯤 전에 쓴 편지를 움켜잡고 잡목이 무성한 온실 바닥에 그대로 엎드린다. 그리고 눈물을 흘리며 주먹으로 땅바닥을 비빈다. 나는 이걸 발견했을 텐데. 래니에게 큰 소리로 외쳤을 텐데. 우리는 미소를 지으며 작은 새끼 감자들을 함께 캐 냈을 테고, 그것들을 자유의 몸으로 만들어줬을 텐데.

+

그녀를 안아줄 수는 있겠지만 그러면 그녀가 당신의 팔을 물 어뜯을 거예요.

+

나는 생각했다: 래니가 자기를 차 안에 마구 밀어넣으려는 사람에게 맞서거나 반항했을까? 래니는 성폭행을 당하고 살해당하 게 되는 것일까? 졸리도 이런 생각을 하고 있을까? 내가 이런 생 각들로부터 졸리를 지켜줄 수 있을까? TV에서 본 바에 의하면

시체의 냄새를 맡을 수 있는 시체 전용 수색견이 있다고 하는데, 지금 이 개들은 시체 전용 수색견이 아니다. 그것들은 래니가 풍기는 희한한 우유 냄새, 옷냄새, 감지 않은 머리 냄새를 맡으며 살아 있는 래니를 찾고 있다. 내 생각들은 불안정하고 암울했고 나는 바쁜 척을 하고 있었다.

✛

잠은 꼭 주무셔야 합니다. 그건 아주 중요한 일이에요.

잠이 안 와요.

그 문제는 제가 도와드릴 수 있습니다.

만일 돕고 싶으시다면 당신이 아는 모든 사람들, 당신이 지금껏 만난 모든 사람들을 데려다가 이 나라를 샅샅이 뒤지게 한 다음 내 아들을 찾아서 내게 되돌려주세요.

✛

도무지 종잡을 수 없는 래니. 래니가 축구를 잘했는지 아무도 기억하지 못한다. 그의 축구 실력은 나쁘지 않았다. 그애는 노래를 많이 불렀다. 정말? 그애는 노래를 많이 불렀다. 하지만 축구를 잘했던가? 그애는 노래를 불렀고, 그래서 놀림을 당했다. 아니, 래니는 그렇지 않았다. 그에게는 마법의 기운 같은 게 서려 있었다. 래니가 불가사의하고 특별한 존재라는 건 우리 모두가 인정하는 사실이었다. 마법의 기운. 그런데 뭐, 그 마법이 어른이고 아이고 할 것 없이 모두에게 먹혔다고? 설마 그랬을 리가.

+

하루 중 어느 때라도 접착테이프를 쳐놓은 곳 근처에 옹기종기 모여 서 있는 스무 명 남짓의 관광객, 비극의 관람객들의 모습이 보인다. 돌아버릴 지경이다. 그리고 재수없는 앤절라 라턴은 그들에게 차까지 대접하고 있다!

+

누군가가 버스 정류장에 스프레이로 그를 데려간 건 투스워트다라고 써놓았다.

+

월터가 이상한 행동을 하기 시작했다. 썰매 타는 들판 옆에 있는 작고 괴상한 콘크리트 진지陣地 주변에서 짖어대며 코를 킁킁거리기 시작했다. 그리고 난 생각했다. 오 젠장, 드디어 올 것이 왔군, 바로 이거야, 나는 시체를 보게 될 거야. 나는 죽은 아이를 1마일 거리에 있는 집까지 들어 날라야 할 거야. 내 얼굴이 신문에 실리게 될 거야. 하지만 그건 그냥 부패되어가는 오소리였고, 오소리의 눈구멍에서는 구더기가 쏟아져나오고 있었는데, 마치 지휘자를 잃은 군대가 혼란에 빠진 채 돌격하고, 후퇴하고, 빙빙 도는 모습을 슬로모션으로 보는 것 같았다.

+

나 자신이 성모마리아가 되어 래니에게 젖을 물리는 꿈을 꾸었다. 군청색 예복을 입은 내 품에 안긴 채 손목에 팔찌를 두르고 있는 유럽풍 그림 같은 아기. 배경에는 마을이 펼쳐져 있고, 저멀리 조그맣게 보이는 로버트는 들판에서 건초를 거둬들이고 있었는데, 래니는 젖을 먹이면 먹일수록 점점 더 자라났고, 부풀어오르며 사방으로 뻗어나가 커다랗고 기다란 근육질 남자가 되었고, 어떤 보이지 않는 바위 속에 조각되어 갇혀 있다가 해방된 그는 내 무릎 위에 길게 늘어져 있었고, 수염을 기르고 있었고, 커다란 성기는 아래로 축 처져 대지를 향하고 있었으며, 그는 여전히 나의 콸콸 솟는 젖을 열심히 빨고 있었고, 곤히 잠들었으면서도 여전히 목말라했고, 내 유방은 양배추 잎으로 되어 있었고, 내 아들은 대리석으로 되어 있었고, 뒤쪽 배경에는 무릎을 꿇은 채 가망 없는 지푸라기를 뽑는, 그것들을 절박하게 거둬들이고 있는 로버트가 작게 보였고, 거울 속에는, 살짝 흐릿하게, 우리를 그리고 있는 피트의 모습이 비쳤다.

+

　실종 아동이 성가시거나 지루한 아이였던 적은 한 번도 없었어 안 그래? "우리가 그 아이의 평범한 얼굴이나 흔해빠진 과제물을 그리워하게 될 일은 딱히 없을 것 같다. 그 아이는 특별할 게 없었다. 오히려 좀 골칫거리였지. 우리는 그애가 사라져서 기쁘다."

+

졸리와 로버트에게, 저는 두 분을 생각합니다. 가끔 래니에게 못되게 굴었던 게 너무 후회가 돼요. 평소에는 그러지 않았지만 딱 한 번 래니를 저능아라고 부른 적이 있고 그때 래니는 기분이 나빴을지도 몰라요. 정말 죄송합니다. 저는 래니를 생각하고 래니가 집에 돌아오길 바라는 마음으로 기도합니다. 제임스 스테드 드림.

✛

그들은 내게 호텔을 제공해주었다. 내게 마을 밖에 있을 것을 권했다. 하지만 나는 래니를 찾고 싶다. 사람들을 자극하지 마세요, 그들은 말했다. 이런 때에 사람들의 감정은 격해지기 마련입니다. 하지만 나는 졸리를 만나고 싶다. 내 친구들을 돕고 싶다. 래니를 찾고 싶다. 그러고는 졸린 들쥐처럼 생긴 작은 남자가 들어와 내게 카운슬링이 필요할 거라고 말했다. 어쩌면 다시는 그 마을에서 살지 못할 수도 있다며 주의를 줬다. 나는 심리치료사를 만나야 하고 내게 제공된 법률적, 재정적, 정서적 지원을 충분히 받아야 한다. 그리고 신문기자들을 상대하지 말아야 한다.

블라이스 씨, 당신은 신을 믿으시나요?

아뇨, 난 말했다.

혹시나 해서 여쭤봤어요, 졸린 들쥐가 말했다. 그러는 편이 나을 수도 있거든요.

✛

당신이 무신경하다는 건 알고 있었지만 이렇게 가증스러운 인간일 줄은 미처 몰랐어.

✛

강간, 살인 그리고 가학적인 폭행: 래니 엄마의 '핫한 범죄소설 데뷔작'을 살짝 구경하세요.

✛

조용히 해주세요. 같은 말을 반복하게 될 위험을 무릅쓰고 말씀드리는데, 할아버지를 적으로 만들지는 말아주세요. 부디 가족 담당 수사관과 지금부터 그녀가 처리해야 할 까다로운 작업을 존중해주세요.

+

그는 사우디아라비아의 성노예다. 그는 페스의 길거리 악사다. 그는 건축용 돌무더기와 함께 가방 안에 든 채 더들리 운하의 이끼투성이 바닥에 가라앉아 있다. 그는 산酸이다. 그는 하수 오물이다. 그는 콘크리트다. 그는 이제 새로운 얼굴을 하고 있다.

+

내 눈을 똑바로 쳐다보면서 이건 신나는 일이 아니라고 말해봐. 온 나라가 지켜보고 있다고.

+

나는 그 아이가 호모들이랑 노는 여자애처럼 여기저기 폴짝폴짝 뛰어다니는 좆만한 꼬맹이라고 생각했지만, 그렇다고 해도

226

죽은 사람을 욕해서는 안 되지 안 그러니.

✛

피트가 자기는 좆도 개의치 않는다는 듯이 백주 대낮에 마을을 한 바퀴 빙 돌았어, 그로서는 정당한 행동이었지.

✛

더이상 용의자가 아니다. 그애가 학교를 떠난 순간부터 바로 지금 이 순간까지 빈틈없는 알리바이가 있다. 빈틈. 없는. 알리바이. 저기 저 슬롯머신에 앉아 있는 '캡틴 마녀 사냥꾼'을 위해 이 말을 한번 더 외쳐볼까나?

✛

이와 같은 아이의 수집품은 누구도 본 적이 없을 것이다. 마치 침실에 자신만의 피트리버스박물관*을 만들어놓은 것 같다. 화

---

* 영국 옥스퍼드대학교에 있는 고고학 및 인류학 박물관.

석화된 나무와 광석과 돌 위에, '4천만 년 된 것' '서퍽 해변' '아빠의 첫번째 황동석' 같은 라벨이 빠짐없이 붙어 있다. 상어 이빨, 걱정 인형*, 매듭, 핑거볼, 도토리, 조개껍데기, 종유석, 위시본**, 라벨이 붙은 모든 것들, 사랑받은 모든 것들.

+

용감하네, 여기로 곧장 돌아와서 우리 모두의 눈을 똑바로 쳐다보다니.

+

로이드 씨와 로이드 부인께, 저희는 숲에서 비비탄 총을 쏘고 놀다가 래니가 야영장을 만드는 걸 보고 래니한테 괴짜라고 했고 야영장 벽을 발로 차서 조금 무너뜨렸고 제가 래니의 다리를 걸어 넘어뜨린 다음 다 같이 웃었어요. 정말 죄송합니다, 래니는

---

* 과테말라 원주민 풍습에서 유래한 작은 인형으로, 걱정을 털어놓는 용도로 사용한다.
** wishbone. 새의 흉골 앞에 있는 V자형 뼈로, 이 뼈를 두 사람이 잡아당겨 긴쪽을 갖게 된 사람이 소원을 빌면 그 소원이 이루어진다는 데서 유래한 명칭이다.

정말 멋진 아이였어요. 저는 래니가 괜찮길 바라고 어서 집으로 돌아오길 바라요. 딘 도스 드림. 추신: 죄송합니다.

+

팸한테는 이런 게 도서관을 차릴 만큼 많아.

어떤 거.

왜 있잖아, 실종 아동들.

응?

살인 사건, 실종 아동 미스터리, 유명한 죽은 아이들에 대한 온갖 책들 말이야.

완전 미쳤네.

그래 팸이 나한테 자기는 그런 걸 좀 사랑하는 것 같다고 말했어.

완전 미쳤어.

그래 팸은 이 극적인 사건에 이렇게 가까이 관여하게 된 게 꿈이 실현된 거나 마찬가지라 했고 내심 이 일이 끝나지 않기를 바라고 있어.

그건 내가 들은 중 가장 역겨운 얘기야, 뚱땡이 팸은 사악해.

응 그렇지, 그래도 그녀를 뚱땡이 팸이라고 부르진 마 그건 좀 별로야.

✝

당신한테 상기시켜주자면, 닉, 첫째 날에, 첫째. 날에, 졸리는 피트가 자기 아이를 해할 사람이 아니라고 믿는다고 했어. 그녀는 첫째 날에 그렇게 말했어.

✝

당신이 엽서 천 장까지는 너그러이 무료로 제공해주셨다는 걸 알고 있습니다. 하지만 이 캠페인을 도와주면서 요금을 청구한 지역 사업자는 당신뿐이에요. 그리고 당신은, 아시다시피, 폴란드인이고 따라서 전통적 의미에서는 공동체의 '일원'이 아니므로, 저는 당신이 로이드 부부의, 아니, 우리 모두의 끔찍한 비극을 이용해 이익을 챙겼다는 소문이 퍼지는 꼴은 보고 싶지가 않군요.

✚

어이, 소아 성애자, 당신 참 뻔뻔하군. 하지만 사기꾼한테 사기를 칠 수는 없어. 우리 중에서 당신과 이야기를 나누고 싶어 할 사람은 거의 없다고.

✚

모두에게,

저는 오늘 아침 졸리 로이드의 편집자인 캐럴라인, 그리고 법률팀 소속의 마틴과 만났고, 그리하여 우리가 이 장편소설의 출간을 무기한 연기하기로 결정했음을 알려드리는 바입니다. 책의 일부 내용이 유출되었을 때 침착하게 대응해준 것, 그리고 관심과 진심어린 태도를 보여준 것에 대해 여러분 모두에게 감사드립니다. 저는 우리의 가장 촉망받는 신인 작가 중 한 명이 이처럼 끔찍한 시기를 보내고 있는 동안, 우리가 출판인으로서 그리고 시민으로서 보인 행동에 대해 스스로 매우 자랑스러워할 만하다고 생각합니다. 그럼 여러분의 평안을 빌며,

수전

✦

노인 한 명을 공격하는 한 무리의 힘센 남자들. 커다란 남자들. 흐느끼는 연금 수령자를 향해 주먹을 퍼붓는다.

✦

내가 가장 중요하게 생각하는 건 바로 팩트야, 아그니에슈카. 매해 칠십만 명의 아이들이 가출을 해. 매해 칠백 명의 아이들이 다시 붙잡히지. 맹목적인 공포나 사악한 환상에 휘둘리기보다는

확률적으로 생각해보는 게 어때?

✛

멋쟁이 영감 하워스는 별말이 없군 안 그래? 혹시 경찰이 자기 집 정원에 파묻힌 수백 명의 죽은 매춘부를 찾아낼까봐 입을 꼭 다물고 있는 건가?

✛

페기가 무릎을 굽힌 채 자신의 가슴에 있는 도토리 화환 모양의 조각품, 증조부가 그 지역 떡갈나무를 깎아 만든 그 조각품에 나이든 양손을 얹는다. 그녀가 속삭인다, 그 아이를 보살펴주세요.

그녀는 기다린다, 그리고 손끝으로 나무 조각품을 훑는다.

그녀는 한숨을 내쉰다. 그녀의 양 무릎과 척추에 느껴지는 찌릿한 고통.

나는 널 알아.

나는 네가 무슨 일을 꾸미고 있는지 알아.

아이를 돌려줘.

✛

이봐, 그건 다른 개들이야, 살아 있는 아이 냄새는 못 맡을 거야.

✛

누구보다도 이곳의 일원임을 증명하려 애쓰고, 전체 그림에서 자신만의 특별한 위치를 지켜내려 하는, 일종의 진정성 시합. 이 모든 현상은 대부분의 사람들이 얼마나 머저리인지를 보여줬다.

✛

그의 머리카락, 그의 두 눈, 그의 걸음걸이, 그의 앞니, 그의 발목 양말, 그의 상처 난 무릎, 그의 웃음. 당신은 그의 정강이에 난 금빛 솜털로 그게 래니라는 걸 알 수 있다. 나는 아침에 그의 입김에서 나는 우유 냄새로 그게 래니라는 걸 알 수 있다. 래니를찾아내래니를찾아내래니를찾아내래니를찾아내.

✝

 젠은 오 분마다 피드를 새로고침 했다, 래니, #래니, #래니뉴
스, #래니를찾아라. 하지만 젠과 달리 나는 실제로 뉴스에 나온
적이 있고, 그래서 텔레비전에 나온 내 모습을 찾는 데 약간 중독
되어 있었고, 모두로부터 내가 화면발을 잘 받는다는 말도 들었
다. 물론 아주 슬픈 얼굴이었지만 화면발은 참 잘 받는다고 했다.

✝

 저희가 매일 매 순간마다 당신들을 생각하고 있다는 것만 알
아주세요. 저희는 오늘 저녁에 특별히 한자리에 모여 성 안토니
오께 래니의 무사 귀환을 바라는 기도를 드렸습니다. 저희는 당
신들이 마음을 열고 신의 사랑을 받아들임으로써 그분의 은총으
로 당신들의 아이가 돌아오기를 바랍니다. 믿는 자에게 불가능
이란 없습니다.

✝

나는 버스에서 내리다가 녀석과 마주쳤다. 쥐방울만한 놈. 중간 방학 때 스키 여행을 다녀와서 그을린 피부에 백 파운드짜리 가방을 메고 있는 특권층 꼬마 얼간이. 나는 그에게 물었다. "어이, 멍청이, 그 투스워트 그라피티는 네 녀석 짓이지?" 그리고 순간 그의 빨개진 얼굴에 자신감에 찬 듯한 표정, 짜증스럽다는 표정이 스쳐지나갔지만 그것은 곧 온데간데없이 사라졌고 그는 울먹이며 말했다 죄송해요 죄송해요 죄송해요 정말 죄송해요 그리하여 두 시간 후, 나는 녀석과 녀석의 아빠 그리고 형과 함께 그것을 북북 문지르며 지우고 있었다. 조용했다. 누구 하나 입을 떼는 사람이 없었는데, 사실을 말하자면 나는 일부러 입을 닫고 있었다. 그 사실을 그냥 함구하고 있었다. 기르던 반려동물이 죽었을 때마다 돌아가신 아버지가 늘 "투스워트가 데려간 거야"라고 말하곤 했다는 사실을. 어쩌면 내가 그라피티를 보고 그렇게 미쳐 날뛰었던 것은 바로 그 때문인지도 모른다. 나는 그냥 그게 없어지길 바랐다.

✛

정식으로 인사드린 적이 없군요. 저는 앤절라 라턴이라고 합니다, 래니의 이웃이에요, 그리고 저는 수사 당국과 마을 협회 간의 비공식 연락책으로 활동하고 있습니다.

✛

이봐 거짓말은 안 할게 요즘 술집 장사가 완전 잘돼. 솔직히 싫다고는 말 못하지.

✛

경찰이 오래전 그 얼간이한테 장난전화질에 대한 경고를 줬다는 건 딱히 비밀도 아니야. 누구 그 얼간이가 아동 살인범이라고 생각하는 사람?

✛

래니가 은신처를 만들 때 그 사실을 다른 누군가에게, 숲에서 만난 다른 어른들에게 말한 적이 있었을까?

✛

네, 네, 공작 부인, 피트는 듬직한 녀석이죠, 피트는 선한 마음
씨를 지녔어요, 피트는 세상의 소금, 피트는 파리 한 마리 못 죽
일 사람이에요, 그리고 전 우리 기운찬 젊은 처자께서 제게 차를
대접해주시기 전까진 계속 이런 판에 박은 말들을 늘어놓을 겁
니다.

✝

마을의 구울*에 대한 이야기와 그것을 달래는 방법에 대한 이
야기, 난 말했다, 페기 할머니 그런 말은 딱히 제게 격려가 되지
않네요.

✝

나는 가족 담당 수사관인 캐럴라인 프리먼을 생각하고 있었
다, 딱 달라붙는 펜슬 스커트와 에나멜 하이힐 차림을 한 그녀의
모습을, 그래서 난 자위를 하러 화장실로 숨어들었다. 자기혐오,

---

* ghoul. 무덤을 파헤쳐 시체를 먹는다고 하는 전설 속의 악귀.

엉큼한 쾌락. 스커트를 허리 위로 끌어올린 캐럴라인 프리먼, 얼굴이 상기된 캐럴라인 프리먼, 섹스로 인해 목까지 온통 발그레해진 그녀. 그녀가 어깨 너머를 보며 염려 말라고 말한다. 아무한테도 안 들려요 그리고 그래, 그래 그녀는 내가 자기랑 하는 동안 젖은 엄지손가락으로 항문을 쑤셔주는 걸 좋아할 것이다. 네 해줘요. 로버트, 이런, 세상에. 수치심 그리고 변기의 물과 함께 내려간 위안과 죄책감.

+

처음에 나는 말소리를 듣고 별로 대수롭지 않게 여겼다. 앨리스는 종종 잠꼬대를 하니까. 하지만 나는 그게 두 명의 목소리, 두 아이의 목소리라는 걸 깨달았고, 그래서 게리를 깨웠고 그도 그 소리를 들었다. 앨리스가 다른 아이와 대화하는 소리를 들었다. 우리는 자리에서 일어나 복도를 따라 걸어갔고, 내 어머니의 목숨을 걸고 말하는데, 우리는 두 명의 목소리를 들었다. 게리도 똑같이 말할 것이다. 그리고 우리는 앨리스의 방 바깥에 서서 귀를 기울였다. 그들은 오랜 친구처럼 이런저런 것들에 대해, 자신이 가장 좋아하는 음식에 대해 떠들어댔다. 앨리스는 자기가 땅콩버터를 얼마나 질색하는지 말했고 그러자 또다른 목소리, 소년의 목소리가 말했다, "나도 그래, 땅콩버터라면 아주 지긋지긋해!" 그리고 게리가 방문을 열었을 때 앨리스는 침대 위에 혼자 앉아 있었고, 우리는 얘야 앨리, 누구랑 이야기하고 있는 거니, 방에 누가 있는 거야, 하고 말했고, 게리는 찬장 안과 문 뒤쪽을 살펴보고 있었는데, 앨리스가 말했다. "래니요. 래니랑 이야기하고 있었어요." 나는 사람들이 우리를 욕하고 우리가 이 이야기를 꾸며냈다고 말하리란 걸 알지만, 그래도 난 우리 가족이 기적을 체험했다고 믿는다.

✦

내가 그녀에게 직접 말하진 않겠지만, 누군가는 말해줘야 해요, 화장을 좀 한다고 해서 무슨 해가 되진 않을 거라고 말이에요. 그녀는 너무 억세 보여서 동정심이 잘 안 생겨요, 내 말이 무슨 말인지 알겠어요?

✦

만약에 그애가 네 아이이고 이 모든 소동 끝에 집으로 돌아온다면 너는 대체 얼마나 화가 날 것 같아? 진심으로 하는 말인데,

나라면 정말이지 꼭지가 돌아버리고 말 거야.

+

그녀는 더 속상해했어 ─ 잠깐, 내 말을 끝까지 들어봐 ─ 그녀는 래니가 그렇게 됐을 때보다 피트가 두들겨맞았을 때 더 속상해했어, 잠깐, 조용히 좀 해봐, 잠깐만, 그러니까 내 말은, 그러니까 내 말은, 그게 그렇다는 건, 좋아 집어치워 제대로 된 생각을 듣고 싶어하는 사람은 아무도 없군 다들 썩 꺼져버려.

+

난 너희들이 하는 일을 존중하긴 하지만, 그 불쌍한 꼬마 녀석이 오픈마이크 모금 행사를 반길 거라고 생각하진 않아. 아직은 좀 그렇지 않니? 만일 '술탄스 오브 블링'*이 연주하는 소리를 들으면 그애는 밖으로 나오지 않고 계속 숨어 있을 거야.

---

* 영국의 록 밴드 다이어 스트레이츠의 노래 〈Sultans of Swing〉을 패러디한 것으로, '블링(bling)'은 비싸고 화려한 장신구나 옷차림을 가리킨다.

+

정말 터무니없는 건, 테리사, 일이 정말 사악할 만큼 빠르게 돌아간다는 사실이에요, 실종 아동 한 명이 어쩌면 이리도 빨리 호황 산업으로 변해버리는 건지. 우리는 얼마나 더 노련해져야 하는 걸까요?

+

주님의 명령에 따라 어둠이 내립니다, 처벌받지 않는 죄는 없나니.

+

졸리에게, 기억하실지 모르겠는데, 저 얼리사예요, 래니의 출산을 도운 산파 중 한 명이요. 저는 그 아이, 그리고 당신, 그리고 당신의 친절한 남편을 기억합니다. 그저 제가 당신과 당신의 소중한 아이를 매일 생각하고 있다는 것, 그리고 그애가 집으로 돌아오길 바라고 있다는 걸 알아주셨으면 해요.

✦

신문 기사는 쌓여가고, 술잔은 계속 채워진다. "마을은 이 유별난 아이를 신화로 만드는 일을 공모한 듯하다. 마치 그 아이가 다른 실종 아동과 다를 바 없다고 인정하는 것이 이곳에, 이 매력적인 마을에, 이 매우 특별한 장소에 위해를 가하는 일이라도 된다는 듯이."

나는 상사에게 전화를 걸고 그는 이곳에 사로잡혀 있는 나를 비난한다. 내가 현지인처럼 되어버렸다고, 물렁해졌다고 말한다. 그가 나의 말투를 흉내내며 이야기한다. "그 아이는 남달랐어. 수색을 중지하고 그애의 그림이나 몇 장 예쁘게 그리자. 그애는 분명 올빼미로 변해서 빌어먹을 호그와트로 날아간 다음 다이애나 왕세자비랑 저녁을 먹고 있을 거야."

✦

내 평생 그보다 더 떳떳치 않아 보이는 여자는 본 적이 없어. 최대한 빨리 로이드 부부네 정원을 파헤쳐봐야 해.

떳떳지.

뭐?

떳떳지, 떳떳치가 아니라.

너 나한테 한 대 맞고 싶어?

+

친절한 여성이 말한다, 당신은 그 아이가 어둠 속에서 당신을
부르고 있는 듯한 기분을 느끼게 될 거예요, 마치 당신에게 주
어진 것은 불확실성이 전부라는 듯이, 그리고 목소리들이 들려
올 거예요, 그러면 당신은 이 나라에서 아이들이 삼 분에 한 명
씩 실종된다는 사실을 떠올리게 될 거예요, 그러고는 모든 게 다
시 시작될 거예요, 당신은 그 아이가 어둠 속에서 당신을 부르고
있는 듯한 기분을 느끼게 될 거예요, 마치 당신에게 주어진 것은
불확실성이 전부라는 듯이, 그리고 저는 세라믹으로 된 싱크대
가장자리를 보면서 내 두개골을 쪼개려면, 머리를 박살내고 최
후를 향해 돌진하려면 몸을 얼마나 세게 내던져야 할지 궁금해

하고, 이 나라에서 아이들이 삼 분에 한 명씩 실종된다는 사실을 떠올려요.

✛

맞벌이 부부의 아이 래니: 어디를 돌아다니든 자유

실종된 래니의 부모는 래니가 마을을 마음대로 돌아다녔으며 그들도 종종 아이가 어디에 있는지 '전혀 몰랐다'는 사실을 시인한다.

✛

나는 서서 마을을 주의깊게 바라봤고, 대체 무슨 일을 겪고 있을지 짐작도 할 수 없는 로버트와 줄리, 가장 최악의 짓을 저질렀다는 비난을 받으며 홀로 겁에 질려 있는 가련한 피트, 줄지어 서서 진을 치고 있는 언론, 그들 두 사람에게 빌붙는 이 끔찍한 관음증의 생태계, 그리고 마치 수년처럼 느껴지는 요 며칠간의 잠 못 이룬 날들에 대해 생각했고, 그렇게 계단 옆에 선 채로 최악의 위기를 겪었다. 어떻게 우리가 무언가를 믿을 수 있을까?

어떻게 우리 아이들을 다른 사람에게 믿고 맡길 수 있을까? 어떻게 우리 자신을 믿을 수 있을까? 인간들은 대체 어떻게 무리를 짓고 살아온 거지? 나는 계단 옆에 무릎을 꿇고 기도했다. 극심한 절망을 느꼈다. 나는 그 아이의 실종이 우리가 겪어 마땅한 일이었다고, 우리에게 허락된 유일한 이야기는 그것뿐이라고, 사라진 아이들뿐이라고 느꼈고, 그 잔인한 생각에 구역질이 났다. 기침을 하고 코를 훌쩍이며 완전히 사악한 곤경에 빠진 채 거기 앉아 있었는데, 그러다가 폴 실턴이 검은색 래브라도와 함께 다가오는 걸 봤고, 그래서 다시 정신을 차렸다.

✛

전문가로 구성된 팀들이지, 분명 그럴 거야. 하지만 그들은 잔디밭을 마구 망가뜨렸어. 새bird 물통에는 부러진 볼펜이 하나 들어가 있고.

✛

실제로 그와 악수를 나눴다. 그의 집을 수리하는 일을 자청해서 좀 거들어주었다.

+

오늘로 닷새째다. 몇 달이 흐른 듯한 기분이다.

+

나는 '이 일을 우습게 여기고 있는 게' 아니야, 매리언, 하지만 우리 좀 솔직해지자고, 뻣뻣하게 목에 힘을 준 녀석들이 죄다 이 시대의 영웅이 되려고 발버둥치고 있어, 드라마에 출연한 액션 배우라도 되는 양 굴면서, 그애를 성聖 래니로 추대하면서 말이야, 평생 한심한 인생을 살아오는 동안 타인을 위해 손 하나 까딱하지 않던 인간들이 별안간 '수색-그리고-구조' '빛의-아이를-구하자'라며 떠들어대기 시작했어. 내가 이 상황을 재미있어하는 것처럼 들렸다면 사과할게.

+

피트?

졸리가 가만히 서서 나를 쳐다보고 있었다. 나는 문을 열어주러 나간 기억이 없었다. 나는 그때가 몇시인지도 몰랐다.

피트.

그녀는 진이 빠져 보였다. 그리자유.* 그녀는 반투명한 유령처럼 보였다.

그녀는 세상에서 가장 끔찍한 일을 당한 어머니라면 누구나 그러할 법한 모습으로 거기 서 있었다.

나는 움직일 수 없었다. 몸이 뒤틀린 성 세바스티아누스처럼 그 자리에서 꼼짝도 할 수가 없었다. 그녀가 나를 만나러 여기까지 왔다는 사실이 꼬챙이가 되어 내 머리부터 발끝까지 온몸을 꿰뚫기라도 한 것처럼.

오 이런 졸리.

---

* 회색 계통의 단색으로 명암과 농담을 표현하는 화법, 혹은 그 화법으로 그린 그림.

그녀는 망가진 나의 집을 둘러보았다. 그라피티와 엉망이 되어버린 물건들, 경찰의 출입 금지용 테이프와 공식 문서 사본들, 싱크대와 찬장을 가로질러 칠해져 있는 페인트를.

그녀는 누가 부엌 벽에 마젠타색 스프레이로 써놓은 소아 성애자라는 글자를 봤다.

그녀는 내게로 걸어와 나의 어깨에 이마를 기댔다.

나는 그녀를 안아주지 않고 그냥 가만히 서 있었다.

그녀가 말했다 미안해요 그리고 나는 그녀의 머리에 볼을 갖다댄 채 말했다 아니에요.

아니에요.

그녀가 말했다 미안해요.

미안해요.

그녀는 말했다 내가 절대 그럴 사람이 아니란 걸 안다고

나는 고개를 가로젓고는 그녀를 안아주었다.

+

바 테이블에 몸을 기댄 채 믹이 내게 말한다, 자기야, 순진한 소리 하지 마, 실종 아동, 살해당한 소녀, 강간당하고 사냥당한 여자, 인신매매당한 청소년, 살인자 부모, 섹스 던전, 가방에 든 시체와 안뜰 아래에 파묻힌 시체, 그건 힘있는 놈들이 적극 장려하는 수십억 달러짜리 사업이야 그리고 웁―그는 무늬가 있는 카펫에 떨어진 땅콩을 줍기 위해 허리를 숙였다가 힘을 쓰느라 붉어진 얼굴로 다시 허리를 편다.

늘, 웁―그는 손으로 입을 가린 채 트림을 한다―늘 돈냄새를 따라가. 그는 내게 타블로이드 신문에서 주워들은 경제학과 실권을 쥐고 있는 사람들에게 대해 말한다. 그가 이야기하는 동안, 그가 계속 내 가슴을 빤히 쳐다보는 동안, 그가 이 세상의 미스터리를 풀고 있는 동안, 호박색 타르로 뒤덮인 그의 코털이 이리저리 움직이고, 나는 차와 함께 먹을 간식으로 무엇을 만들면

좋을지를 생각한다.

+

이 칼럼의 독자들은 제가 이 상황을 액면 그대로 받아들이려 한다는 걸 아실 겁니다. 그러면 먼저 그녀의 얼굴을 살펴보도록 합시다. 이 여자, 멋진 골격과 자연스러운 머릿결, 키스해주고 싶은 입술을 지닌, 영국적 고통의 본보기가 된 이 여자, 이 여자는 분명 모든 어머니들이 가장 끔찍하게 여기는 악몽을 겪고 있습니다. 오 그렇습니다, 그녀는 정말이지 영국을 대표하는 비운의 여왕입니다. 비슷한 상황에 처한 모든 엄마들 가운데 특별히 선출된 우리의 '겁에 질린 엄마 대표'입니다. 왜냐하면 그녀의 얼굴과 그녀가 사는 마을은 한 폭의 그림처럼 아름다우니까요. 지금까지는 우리가 늘 보아온 익숙한 광경입니다. 하지만 눈에 보이는 것 너머에 무언가가 숨겨져 있다면 어떨까요? 독자 여러분, 무대의 이면을 엿보는 것이 바로 우리의 일 아니던가요? 로이드 부인의 행태에 석연치 않은 점이 있다고 느끼는 사람이 이 나라에 비단 저 혼자만은 아닐 겁니다. 이 전문 여배우, 관객들을 조종하고 설득하는 법을 훈련받은 이 여배우의 어떤 점이 저로 하여금 의혹의 끈을 놓지 못하게 하는 걸까요? (그녀의 책을 출간하기로 했던 출판사에 따르면) '흠잡을 데 없는 플롯의 심리 스릴러'(유출된 내용을 읽어본 분이라면 그것이 잔인한 책이라는 사실을 아실 겁니다)를 쓴 이 작가의 어떤 점이 그녀를 이 가족 드라마의 주역으로 순순히 인정할 수 없게 만드는 걸까요? 혹시 나 해서 드리는 말씀인데, 저는 그녀가 살인범이라고 생각하지는 않습니다. 그리고 우리는 몇 주나 몇 달 내로, 어쩌면 몇 년 내로 우리 앞에 모습을 드러낼 진실과 마주하게 될 것입니다. 하지 만 지금 분명히 말씀드리는데, 독자 여러분, 졸리 로이드에게는 뭔가 미심쩍은 구석이 있습니다.

✦

이제 걷잡을 수 없는 지경에 이르렀다, 기적 운운하는 이 실없는 일들은. 연필도 제대로 쥘 수 없는 네 살짜리 소년이 래니의 말을 전하는 편지를 썼다. 자신은 잘 지내고 있고, 다만 천사들과 함께 있다는 편지를. 편지에 적힌 필적과 어휘는 여느 네 살짜리 아이의 수준을 명백히 넘어서는 것이었고, 그 아이의 보모는 줄곧 곁에서 그 일이 일어나는 것을 지켜보았다. TV 카메라들이 우르르 몰려왔고, 아이의 가족은 여섯 자리 액수의 금액을 거절하고 있다. 내가 보기엔, 이 모든 게 심히 우려스럽다.

+

저는 늘 그애와 이야기했어요. 저는 그애를 정말 정말 잘 알았어요. 그리고 한번은 우리 엄마가 그 아이네 집에 커피를 마시러 간 적도 있어요.

+

만일 기적에 대해 알고 싶거든 페기한테 물어보세요, 나는 말했다, 페기가 기자들에게 단 한 마디도 하지 않았으며 앞으로도 하지 않을 거란 사실을 뻔히 알면서도.

+

내가 방금 뭘 봤는지 넌 짐작도 못할 거야. 방금 로버트가 피트와 함께 술집 주차장에 서서 포옹을 하는 장면을 목격했어. 재빠르고 아슬아슬한 포옹이 아니었다고, 숨도 못 쉴 만큼 서로를 세게 끌어안고 있었어. 피트는 눈에 멍까지 들어가지고 맙소사 정말 가슴 아픈 모습이었지. 두 사람은 서로에게 매달려 몸을 마구 흔들어댔어. 너도 알다시피 나는 피도 눈물도 없는 인간이지만 그 모습을 보니 정말 마음이 뭉클하더라고.

+

우리는 이야기가 없으면 살아가지 못하는 가련한 존재에 불과해요. 브레일스퍼드 부인, 무지의 고통에 극도로 사로잡힌 존재들이죠. 시시포스, 아틀라스, 에코, 그 모든 가련한 영혼들, 이제 우리 차례예요. 끝없는 고통, 그건 모든 이야기들 중에서도 가장 오래된 이야기죠.

+

그녀가 심리학자인지 경찰관인지 의사인지 연락책인지는 모르겠지만, 어쨌든 선의를 지닌 그녀의 말을 나는 단 한마디도 듣지 않고 있다. 하지만 내 부모님은 그녀의 말을 듣고 있고, 로버트는 원래 남의 말을 잘 들어주는 편이다. 샤워를 하고 나온 로버트는 아주 말쑥하고 냄새도 좋다. 내 양손은 너무 건조해서 손마디를 가로지르며 갈라져 있다. 이 얼마나 훌륭한 청자인가. 말을 받아 적기도 하고, 그런데, 뭐?

뭐라고 하셨죠?

당신.

뭐라고 하셨죠?

그녀가 말했다. 저희가 래니의 편지 꾸러미를 찾아냈습니다,
오늘 아침에 전달받았어요. 고스트 파일럿 레인 옆의 공원 가장
자리를 따라 자라난 고사리 덤불에서 발견되었는데 지금은 다른
곳에서 살펴보는 중……

✛

바로 그때였다, 졸리가 완전히 미친듯이 화를 낸 건.

✛

바로 그때였다, 내가 완전히 미친듯이 화를 낸 건.

나는 한바탕 소동을 일으켰다. 나는 그녀가 내게 하는 말, 래니가 스스로에게 무슨 짓을 저질렀을 가능성을 우리가 심각하게 고려해봐야 한다는 말, 가장 최근에 발견된 이 '증거'로 미루어 보아 래니가 뭔가 특이한 일을 꾸미고 있었던 게 '틀림없다'는 말, 심리학 프로파일러가 다시 방문해서 래니와 그의 행동 그리고 우리가 래니와 나누었을지도 모를 대화들에 대해 몇 가지 추가 질문을 던지고 싶어한다는 말을 그냥 가만히 앉아서 들어줄수가 없었다. 그렇다, 댐이 무너져버렸고, 나는 내가 이렇게 행동하리라고는 상상도 해본 적이 없을 만큼 격렬히 화를 냈고, 사과하고 싶은 마음은 조금도 들지 않았으며, 후회도 전혀 없었다. 마음 같아서는 계속 때려 부수고 소리지르고 싶었다. 나는 그 여자한테 만일 상관에게 전화를 걸어서 한 시간 이내로 그 편지들을 내게 가져오지 않으면 그녀의 머리통에서 그 예쁘고 파란 눈을 도려내 먹어버리겠다고 말했다.

+

나는 그들이 래니를 이해하기 시작했다고, 자신을 붙잡으려는 모든 시도로부터 몸을 비틀어 빠져나갈 수 있는 래니의 능력을 이해하기 시작했다고 생각했다. 나는 이런 일에 이골이 나 있었다. 나는 지난 수년 동안 래니는 대체 어디 있는 거지, 라고 스스로에게 물어왔다. 걔는 대체 뭐가 문제인 거지?

+

우리는 여섯 명이 한 팀을 이루어, 다시 수색에 나섰다. 숲을 샅샅이 뒤졌다.

나중에 피트가 합류했다. 과수원에서 합류해 하워스네 울타리까지 다시 한 바퀴를 돌았다. 혹시 모르잖아요. 마냥 기다리면서 돌아오길 바라고만 있을 수는 없어요.

+

그것이 일반적인 사고思考 과정에 끼치는 혼란과 피해는 뭐라 말로 표현하기 어렵다. 그것이 주는 순수한 정신적 외상은 말로 전달하기 어렵다. 뒤틀려버린 모든 것들, 불분명한 갈망, 정보에 대한 채울 수 없는 갈증, 머릿속이나 뱃속에서부터 일상적 질서에 이르기까지 전부 다 망가져버렸다. 계속 이어지는 더없이 성가신 대화. 내 손자가 아직도 저 밖에 있는데 여기서 차나 마시

고 있는 나를 좀 보라고. 이렇게 하면 사라진 애가 돌아오기라
도 할 것처럼 딸의 옷을 개키고 있는 나를 좀 보라고. 우리는 모
두 하나같이 래니 래니 래니, 정신 내부의 모든 공간에서 윙윙거
리며 울려퍼지는 아이의 이름. 내가 생각해낼 수 있는 이것과 가
장 비슷한 경험은 1963년에 핵폭탄이 떨어지길 기다리며 반 친
구들과 책상 아래에 숨었던 일이다. 그것이 오고 있었다. 그것이
오고 있다.

✛

녹색 정원용 노끈으로 묶이고 포장용 랩으로 싸여 있는 대략
여섯 개의 작은 종이 뭉치. 다들 속삭인다, 바로 저거다. 저기 노
트가 있다. 래니는 노트를 덤불 속에 숨겼다.

✛

그런 일에 대한 적절한 대응이 무엇인지 나는 알지 못한다.

✛

이제 우리 아래쪽에서 자라나고, 우리 위쪽에서도 자라난다.

칼을 만들어라!

빗물을 받아라.

그것을 인간의 침 그리고 한 줌의 흙과 섞어라

그러면 그 혼합물은 마법이 될 것이다, 오직 당신만을 위한 마법이,

그린맨이 자신의 물약을 만든다

그리고 여행을 떠날 나를 위해 가을 외투 한 벌을 지어준다

수액을 핥아라. 배낭을 싸라.

준비하고 기다려라

그 혼합물이 너의 계획을 노래할 것이니.

+

그녀는 정원에 앉아서 오후 내내 그것들을 읽고 또 읽는다.

내 귀에 그들 중 한 명이 하는 말이 들려온다. 오늘 일은 쉽게 잊지 못할 거야.

사람들이 드나든다.

이것이 지닌 명백한 비정상성에 하나같이 몸을 떨고 움찔하는 이 모든 전문가들과 기자들과 친절한 이방인들.

그의 머릿속에 든 생각들.

지금 저들을 좀 봐.

내 귀에 그들 중 한 명이 하는 말이 들려온다. 이봐 괴상하다는 말로는 부족해.

추측의 성격은 완전히 달라졌다. 지금까지 우리 모두의 마음속에는 아이 유괴범, 납치범, 래니를 해하는 남자가 있었다. 그 남자는 매일 자라났다. 송곳니와 가학적인 기술을 길러왔고, 법망을 피해가는 불가사의한 힘과 여행사 직원의 전문 지식을 길러왔다. 발견된 편지들이 그 남자를 없애버린 듯하다.

내 귀에 그들 중 한 명이 휴대폰에 대고 하는 말이 들려온다. 자원봉사자들한테 아이의 입장에서 생각해보라고 해, 아주 이상한 아이 말이야.

+

노인의 수염*과 담쟁이덩굴 그리고 이끼, 수백 번의 계절을 무사히 지나가.

세상에 심긴 존재에게 세상은 황폐한 곳이 아니야. 세상을 책임지고 있는 건 나무들이지.

빗물은 나를 피해 가, 나를 넘어서 흘러가,

나는 물에 젖지 않는 잎사귀이고 단단한 부싯돌이야, 내일의 햇살을 나무껍질에 저장하고 있지, 보이지 않게.

+

나는 가서 그녀와 함께 앉고 우리는 함께 편지를 읽으며 아무 말도 하지 않는다.

+

우리 중 누구도 입을 떼지 않았다. 그냥 그것들을 바라보기만

---

* 흰 솜털이 난 식물을 총칭하는 이름.

할 뿐. 정말로 괴상하다. 릭은 거기 선 채 '최고의 증거 확보를 위한 가이드라인'이 담긴 플라스틱 폴더를 들고서 머저리처럼 "씨발 이게 진짜 뭐지"라는 말만 계속 중얼대고 있었다.

✦

　나는 생각했다: 이 얼마나 불규칙적인 삶이란 말인가. 나는 통근이 그립다. 나는 왔다갔다하던 시절이 그립다. 나는 머릿속에서 생각 하나를 이리저리 뒤집어본다, 은밀하게, 빗물은 나를 피해 가, 라는 래니가 써놓은 이상한 말을 가만히 쳐다보면서. 그 생각, 내 마음의 양손 사이에 뜨겁게 구워진 롤빵처럼 내던져진 생각이란, 바로 내가 그애를 그리워하지 않는다는 것, 아이에 대해 어떤 감정도 들지 않는다는 것이다. 만일 내가 래니의 실종이라는 이 드라마의 중심에 있지 않다면 나는 그애가 사라졌다는 사실에 대해 정말로 신경을 쓸까? 이러한 생각은 금기인가? 이게 나에 대한 일종의 충격적인 진실인가? 끔찍하다, 이 비밀은. 그것은 아마 내가, 이곳에서, 상실감에 빠진 아내와 단둘이, 래니가 우리에게 남기고 간 이 이상한 주문인지 계획인지 뭔지를 읽으며 한 생각들 가운데 유일하게 명확한 생각일 것이다. 그렇다, 나는 나 스스로에게 말한다, 이것이 진실이다. 내 생각은 명

확하다. 나는 이제 이것, 우리 모두의 진실에 대해 알 수 있는 특권을 얻었다. 우리들 가운데 타인에게 진정으로 마음을 쓰는 사람은 아무도 없다. 전부 가식일 뿐이다.

✝

그 병적인 사람들은 모두 가버린 듯하다. 아마 더 새로운 비극을 찾아 어디론가 떠났겠지. 고난의 뒤꽁무니를 쫓는 사람들.

✝

칼라, 제발, 우린 목이 말라 죽을 지경이라고. 실종 아동이건 실종 아동이 아니건 간에, 포스터스 두 잔 때문에 육 분을 기다려야 한다는 건 말도 안 되잖아.

✝

좋습니다, 도덕적으로 훌륭하신 선생님, 당신한테 졸리의 원고가 있다고 가정해보죠. 그 책의 가치는 어린 래니에 대한 신문 기사의 양에 비례해서 높아지지 않을까요? 왕족을 제외하면, 지금 이 나라에서 가장 돈벌이가 될 책의 출간을 앞둔 사람은 바로 그녀가 아닐까요?

+

그린벨트 지역의 부동산 가격이라고요, 친애하는 선생님. 사건 사고에도 끄떡없죠. 불경기는 왔다 갑니다. 아이들은 태어나고, 실종되고, 자라나서 죽습니다. 우리가 할일은 건물을 짓는 겁니다. 그냥 제 생각일 뿐이지만, 우리의 쾌적한 녹지는 영원할 겁니다.

+

안전한 장소라는 발상 자체가 폭압적이야.

+

우린 전부 바보가 된 기분이다.

+

바라건대, 경건함과 반항적인 유쾌함을 주소서.

+

징후에 대한 믿음.

+

만일 두렵지 않다면, 당신은 지금 제대로 하고 있는 게 아니에요.

+

매력 없는 시대.

+

여전히 보고 있다.

+

    페기는 오래된 자기 집 대문 앞으로 돌아와 있다. 낡은 나무를 손으로 문지르고 있다. 멈춰 서 있다.

    다가올 결말에 귀를 기울이고 있다.

    기다리고 있다.

3

나는 이불 속에서 꼼짝도 할 수 없었다. 졸리는 내 곁에 없었고, 이 지역이 어떤 바위층 위에 건설되었는지는 모르겠지만 하여튼 그 지반이 안으로 말려 들어가면서 우리집은 기울어졌고, 숨겨진 것들이 지면을 뚫고서 삐져나오고 있었다. 창밖을 내다보니 정원을 향해 천천히 다가오고 있는 거대한 백악질 배의 뱃머리가 보였다. 수백 피트 높이의 그것이, 달빛 속에서 빛나고 있었다.

나는 홑이불 속에서 꼼짝도 할 수 없었다. 로버트는 내 곁에 없었다. 나는 아마도 소파에 있었고 집은 완전히 안팎이 뒤집혀 있었다. 바닥에는 자갈, 벽에는 담쟁이덩굴, 내 목구멍에는 솔잎이 쐐기처럼 잔뜩 박혀 숨통을 조이고 있었다. 몸을 내려다보니 민달팽이처럼 축축하게 번들거리고 얼룩덜룩했다. 번쩍거리고 끈적거리며 경련을 일으키고 있었다.

나는 옷 속에서 꼼짝도 할 수 없었다. 부엌 식탁에서 잠을, 부드럽고 너그러운 잠을 자고 있었고, 꿈을 즐기고 있었고 식탁은 따뜻했으며 나는 그게 인간의 피부로 만들어진 것임을 깨달았다. 산뜻한 냄새, 통통한 피부에서 느껴지는 생기 넘치는 맥박, 그것이 내게 속삭였다. 일어나 피트, 내 볼에 뜨겁게 와닿는 부드럽고 널찍한 무엇, 내 늙은 얼굴에 와닿는 젊고 생기 있는 무엇, 일어나 피트.

피터 블라이스는 깊은 한밤중에 아래를 내려다보고는 부엌 식탁에, 자신이 잠들었던 바로 그 자리에 작은 카드가 한 장 놓여 있는 걸 본다. 초대장이다. 그는 그것을 읽고, 그 충격으로 인해 피부가 팽팽히 조여들고 지친 심장은 빠르게 뛴다. 피트는 망설이지 않는다, 그는 부엌의 수도꼭지를 틀어 얼굴에 찬물을 끼얹었고, 서둘러 화장실로 가 소변을 본 다음 외투를 걸치고 부츠를 신는다. 중얼중얼 혼잣말을 하면서, 열쇠를 챙기거나 불을 끄거나 현관문을 닫지도 않은 채, 그는 서둘러 집을 나선다. 서둘러 자신이 초대받은 곳을 향해 떠난다.

　달빛이 환하다, 전혀 어둡지 않지만 아주 깊은 밤이고, 오리나 거위의 똥에서 나는 죽음의 냄새, 어떤 물새의 배설물 냄새가 기름이나 휘발유 냄새와 뒤섞인 채 풍겨온다. 이상한 저녁이군, 피트는 생각하며, 서둘러 길을 따라 시내 중심가로 향한다. 정말 희한해. 피트는 걸음을 멈춘다. 그는 마치 반대편에서 오고 있는 것처럼, 마치 집으로 돌아가는 중인 것처럼 마을의 거리 쪽을 향해 가고 있다. 마치 좌우가 반전된 마을의 거울상 속을 걷고 있는 것처럼. 무슨 속셈인지 알겠군, 피트는 생각한다, 마을은 목판화고 나는 목판에서 움푹 파인 부분을 걷고 있는 거야. 아무래도 좋다, 그는 비몽사몽간이다. 날이 춥다. 밤이 부리는 하찮은 속임수. 피트는 입김이 깔때기 모양이 되도록 숨을 깔끔하게 내쉰다, 흡연자나 플루트 연주자처럼 오므린 입술 사이로. 그는 마치 쉽게 흥분하는 힘센 개에게 이끌려 가듯 쿵쿵거리며 거리를 따라 걷는다. 그는 또다시 혼란에 빠진다, 왜냐하면 모든 게 거꾸로 뒤집혀 있으니까. 그는 페기를 향해 걸어올라가는 게 아니라 페기를 향해 걸어내려가고 있으니까. 심지어 마을회관을 지나지도 않았는데 대문에 몸을 기대고 있는 페기와 만났으니까. 원래대로라면 그녀는 반대편에 있어야 한다. 누군가가 이 망할 마을을 거꾸로 뒤집어놓았어, 피트는 혼자 생각한다. 하지만 그는 신경쓰지 않는다. 그런 일에 신경쓰기에는 너무 바쁘다. 페기는 젊고 아름다워 보이고 그녀의 대문은 거의 한 세기에 가까운 시간 동안 손으로 문질러 닳기 전이며, 페기의 군인 오빠들은 그녀 뒤에서 달빛을 받으며 뻥뻥 공을 차고 있다. 피트가 인사를 하기 위해 페기에게 걸어간다. "가요," 그녀가 말한다. "가요, 피터, 걸음을 멈출 시간이 없어요, 당신은 그곳에 가야만 해요, 그는 당신이 늦는 걸 원치 않을 거예요."

그래서 그는 미소를 짓고 손을 흔들며 서둘러 발걸음을 옮긴다, 원래는 내려가야 하는 언덕을 올라가며 마을회관으로 향한다.

불은 켜져 있지만 갑자기, 그는 불안해진다, 그리고 지금이 몇 시인지, 자신이 무엇을 보게 될 것인지 알았으면 하고 바란다. 그는 마을 공연에 한 번도 관여했던 적이 없다. 지금이 몇 년도지? 대체 무엇을 보게 되는 걸까?

다급한 발소리가 들려오고 피트는 움찔한다. 최근에 두들겨맞은 적이 있는 사람이라면 흔히 그러듯이, 하지만 나타난 사람은 졸리뿐이다. 세상에나, 그는 졸리를 보고 기뻐한다.

그녀는 손에 구겨진 초대장을 쥐고 있다.

또다른 발소리, 그러더니 백금 사진처럼 깨끗하고 선명한 밤을 뚫고 로버트가 그들을 향해 다가온다.

"로버트?" 졸리가 말한다.

"피트?" 로버트가 말한다.

그들은 모두 자신들이 들고 있던 작은 판지 조각을 내민다.

데드 파파 투스워트가 여러분께 선보입니다
래니: 결말
마을회관
오늘밤

그들은 안으로 들어간다, 세 명의 불안한 아이들처럼 한데 모여 발을 질질 끌면서. 무거운 나무문이 그들 뒤에서 쿵 하고 닫힌다.

익숙한 마을회관의 냄새(마른 공작용 점토, 연금 수급자의 몸뚱이, 꽃꽂이용 플로럴폼, 오줌, 냄새나는 스니커즈)를 뚫고 세 명의 초대 손님들 모두 그 정체를 알지 못하는 강렬한 악취가 풍겨온다. 그것은 녹은 아스팔트에서 나는 묘하게 기분좋은 냄새를 떠올리게 하지만, 그와는 다른 자연의 냄새이고, 무르익어 막 초록빛이 되려 하는 달콤한 냄새와 뭔가 죽었거나 썩어가는 게 섞인 듯한 냄새다. 세 명의 손님들은 입구에서 몸을 비틀거린다, 마치 약에 취한 것처럼, 그 냄새가 상기시키는 기억을 떠올리면서, 각자 적응해나가면서.

그들은 각자 손에 레드 와인이 든 플라스틱 컵과 작은 핑크색 추첨 티켓을 들고 있다. 회관의 조명은 눈에 거슬리는, 윙윙거리는 스트립라이트*다.

세 명의 손님은 자신들이 자리에 앉아 있음을 알아차린다. 지금껏 입을 연 사람은 아무도 없다.

"환영합니다." 무대에서 목소리가 들려온다. "자, 이제 다들 모였군요. 그러면: 1번 티켓 갖고 계신 분? 핑크색 티켓 1번을 갖고 계신 분 있나요?"

작은 무대 위에는 높이가 6피트쯤 되는 사람 그림이 있다. 래니가 피트와의 첫 미술 수업 때 그린 어깨 없는 사람이다. 그는 테두리뿐인 다리와 대충 그린 직사각형 모양의 발을 달고서 몸을 가볍게 흔들고 있다. 가슴은 박스 모양이다. 목은 없고, 미소를 띠고 있는 얼굴 꼭대기에는 단정한 머리카락 십여 올이 중력

---

* 무대에 입체감을 주기 위한 조명으로, 여러 개의 소형 전구를 기다란 띠 모양으로 연결한 것.

을 거스르며 삐죽삐죽 높이 솟아 있다. 몸 가운데, 젖꼭지 정도 되는 높이에서 두 개의 긴 팔이 튀어나와 있고, 팔 끝에 달린 동그라미에는 통통한 손가락들이 간신히 붙어 있다. 그는 수평으로 뻣뻣하게 뻗은 자신의 양팔을 흔든다.

"당신은 어디선가 날 본 적이 있을 거예요, 그렇죠, 피트?" 사람 그림이 말한다.

그는 피트의 목소리로 말한다.

졸리와 로버트는 고개를 돌려 가운데에 앉아 있는 피트를 쳐다보고, 피트의 나이든 두 뺨에는 번쩍이는 눈물이 흘러내리고 있지만 그는 아무 말이 없다.

그 사람은 뻣뻣하고 납작하고 형편없이 그려진 두 손으로 어설프게 피트를 손짓해 부른다.

"핑크색 티켓 1번? 이리로 나오세요, 피트. 첫번째 티켓의 주인공은 당신이로군요, 피터?"

피트는 움직이지 않는다, 움직이지 못한다.

미소를 띤 얼굴이 표정을 바꾸지 않은 채 다시 말한다. 피트 자신의 목소리로. "어서요 영감님."

천천히, 마치 사람 그림의 두 눈에 달린 보이지 않는 윈치에 의자 다리가 연결되어 있기라도 하듯, 피트의 의자가 무대 쪽으로 끌려간다. 피트는 흐느껴 울고 있다, 소리 없이. 그의 다리는 죽은 사람의 다리처럼 의자 아래에서 뒤쪽으로 쏠린 채 바닥 위를 미끄러져 간다. 절망적이다. 그의 양손은 무릎 위에 애처롭게 포개져 있다. 그는 고개를 내젓는다.

피트는 사람 그림이 서 있는 무대 위로 계속 끌려간다. 의자가 무대의 턱에 쿵 하고 부딪힌다.

피트가 위를 올려다본다.

"나를 다시 그려줘요." 그림이 말한다.

피트는 고개를 내젓는다.

아이가 그린, 미소를 띤 얼굴이 다시 말한다. 마치 녹음된 것을 재생하듯이. 그러자 피트의 귓가에 그날 오후 첫 수업 때 자신이 래니에게 해준 말이 들려온다.

"자, 래니. 네 팔이 어디에 붙어 있는지 한번 보겠니? 너는 이 친구의 팔이 옆구리에서 뻗어 나오게 그렸구나. 어떻게 생각하니?"

피트는 고개를 내젓는다.

그림이 소리친다:

"나를 다시 그려줘요!"

로버트와 졸리가 갑자기 날카로운 목소리로 그림을 응원하는 비명을 내지른다. "다시 그려내라!" "다시 그려내라!"

피트가 의자에서 일어나 무대로 기어 올라간다. 애를 쓰느라 양 무릎에서 삐걱거리는 소리를 내면서, 홀쩍이는 코를 소매에 닦으면서.

"다시 그려내라!"

피트는 사람 그림의 한쪽 팔을 붙잡고는 비틀어 떼어낸다. 그리고 그걸 바닥에 떨어뜨리더니 나머지 팔도 휙 떼어낸다.

그림은 몸을 흔들고 활짝 웃으며 혀를 쑥 내민다. 하지만 그것은 혀가 아니다. 굵은 건축설계용 연필이다. 그는 그것을 무대 위로 내뱉고 피트는 허리를 숙여 연필을 줍는다.

"나를 다시 그려줘요. 미치광이 피트."

피트는 졸리와 로버트를 돌아보지만 그들은 얼굴에 광택이 나는 마네킹, 플라스틱으로 만든 스포츠 팬들이 되어 자리에서 활짝 웃으며 몸을 이리저리 흔들고 있다.

피트는 연필을 들어 선 하나를 긋는다. 선은 그어진 자리에 그대로 남는다. 그는 사람 그림의 상자 모양 가슴 주위로 정확하고 깔끔한 선들을 긋는다. 그리고 아니나 다를까, 스케치한 흔적들이 나타난다. 그것들은 실재하는 것이고, 서로 연결된 채로 유지되며, 자라나고 있다. 초벌로 그린 남자의 양어깨에서 자라나는 것, 팔 하나, 팔 두 개, 잘 그려진 두 팔, 그리고 사람 그림은 새 팔이 생겨나자마자 그것들을 구부리고 움직인다. 래니가 그린 단조롭고 조잡한 그림으로부터 형체가 잡히고 완성된 무언가, 근육질의 살아 있는 생명에 가까운 무언가가 생겨난다. 피트는 빠르게 작업을 해나간다.

"힘내라, 피트!" 플라스틱 로버트가 말한다.

"힘내라, 피트!" 짝 짝 짝, 졸리가 로봇처럼 자신의 허벅지를 때린다. "힘내라, 피트!" 짝 짝 짝.

그림이 다시 말한다, 한때 피트가 말했던 것처럼:

"이제 머리를 살펴보자, 래니. 잠깐 너 자신을 떠올리면서 네 머리와 가슴 사이에 뭐가 있는지 한번 생각해보겠니?"

피트는 손을 뻗어 그림의 머리를 잡고 위로 당겨서, 목 부분을 일순간 잘라내고는 한쪽 손으로 그림의 얼굴을 높이 쳐든 채, 멋지고 굵은 목, 툭 튀어나온 후골, 살짝 드러난 힘줄을 스케치한

다음, 머리를 다시 제자리에 올려놓고 턱과 목에 동시에 음영을 넣는다.

 "고마워요!" 혼종 거인 ─ 절반은 아이의 낙서, 절반은 완성되어 생명을 얻은 스케치 ─ 이 심장이 고동치는 삼차원 이상의 존재가 되어 우렁찬 목소리로 말한다. "오 바로 이거야!" 그러고는 손을 아래로 뻗어 양팔로 피트를 감싼다, 껴안는다, 그러자 피트가 소리를 지른다, 옆구리에 양팔을 늘어뜨린 채 몸을 흔들며, 손에는 연필을 꽉 쥐고서. 사람 그림은 튼튼한 새 양팔, 제대로 된 양팔로 피트를 꽉 껴안고, 자신의 강력한 턱을 아래로 꽉 누르고, 피트는 그의 품안에 갇힌 채 쌕쌕거리며 숨을 쉬기 위해 발버둥친다. 피트는 압박을 당해 무력한 상태이고, 사람 그림은 그날 래니가 불렀던 노래를 부르기 시작한다. 그러자 뒤에서, 로버트 행세를 하는 자와 가짜 졸리가 날카로운 목소리로 일제히 노래에 동참하고, 피트는 숨을 쉴 수가 없다, 그는 오직 들을 수 있을 뿐이다. 그리고 어른들의 목소리로 불리는 그 노랫소리는 대단히 불쾌하다. 아이가 무심결에 부르던 노래는 열띤 송가로, 뭔가 위협적인 것으로 변해 있다. 피트는 졸음이 오기 시작한다, 그는 너무나도 세게 조여들어 있다, 어지러운 열병에 시달리는 아이가 된 기분이다, 이제 그는 스르르 미끄러지기 시작한다. 이

무지막지한 포옹 너머에 있는 따뜻한 곳으로 미끄러져 들어가기 시작한다. 그 노래 속 어딘가, 래니의 노래 속 어딘가에서 느껴지는 편안함을 향해.

　"리먼 아, 비터 카, 레먼 아, 페넘 아, 메넘 아, 위터 카, 피터 카." 그들은 노래한다. 살아 있는 그림은 피트를 꽉 쥐어짜고 이제 피트는 축 늘어져 있다. 그의 품안에 매달린 채, 쪼그라들어 있다. 벗어놓은 노인의 껍데기처럼. 졸리와 로버트는 큰 목소리로 야단스레 노래를 부른다. "리먼 아, 비터 카, 레먼 아." 발을 구르면서, 손뼉을 치면서. 그때 사람 그림이 몸을 아래로 기울여 피트의 귓가에 속삭인다. 피트의 목소리로. "래니의 모습이 보일 거예요. 그렇죠? 십대의 모습으로? 그것이 당신의 바람이에요, 안 그런가요, 피트. 그것이 당신의 바람이에요! 당신에게 래니의 모습이 보여요. 당신을 봐서 조금 당황했나보군요. 어쩌면 친구들과 함께 버스 정류장에 있을지도 모르겠어요. 약간의 까칠한 수염, 변성기를 맞은 목소리, 그는 인사말을 건네지 않아요, 대신 고개만 끄덕이죠, 그리고 당신과 공모의 시선을 주고받아요, 일종의 유대를 느끼며, 그렇죠? 그래요 피트. 당신에게는 십대의 래니가 보이나요, 피트? 이게 당신이 생각하는 결말 중 하나인가요?"

피트는 사라져간다. 어둠 속으로 미끄러져 들어간다. 마을회관 전체가 하나의 기억이다. 어둠이 그를 겹겹이 둘러싸고 있다. 그리고 그는 그 꼬드김에 미소를 짓는다. 왜냐하면 그래, 그것이 바로 그가 본 모습이니까, 그가 간절히 바라온 모습이니까, 그래서 그는 대답을 한다.

"그래요."

그리고 그들은 어둠 속으로 내던져진다. 세 명의 초대 손님은 모두 자기 자리로 되돌아와 있다, 겁에 질린 채. 조용하다, 얼어붙은 채 아무 말이 없다.

바스락, 쩌억 쩍, 딱 하고 누군가 식물을 밟는 소리, 줄기가 짓이겨지는 소리가 들려온다.

"빛이 있으라." 투스워트가 말한다. 젊은 영국 여자의 목소리로. 그녀가 킬킬 웃는다, 추파를 던지는 발랄한 웃음. "시작이 좋네요, 미치광이 피트 영감이 만들어낸 최고의 걸작!"

빛이 들어오는 동시에 로버트의 눈에 완벽한 그녀의 모습이 보인다. 부인에게 헌신적인 남자가 바라보기에는 고통스러운 모습.

"자, 핑크색 티켓 2번? 로버트, 즐길 준비 되셨나요?"

투스워트가 꽃잎 손가락으로 손짓을 하며 부른다.

로버트가 의자에서 벌떡 일어선다. 그는 값비싼 라이크라 조깅복을 입고 있다. 졸리와 피트는 사라졌다. 로버트와 투스워트만 남아 있다.

"두말하면 잔소리죠." 그가 말한다.

투스워트가 6인치 높이의 접시꽃 하이힐을 신고 불안정하게, 기생식물로 뒤덮인 스펀지 같은 바닥 위에서 휘청거리며 서 있다. 그녀는 거의 넘어질 뻔하지만 로버트가 팔꿈치를 잡아 붙들어준다. 그녀에게서 아찔한 냄새가 풍긴다.

"고마워요." 그녀가 축축한 손으로 로버트의 손을 꼭 쥔다.

"이제 집중해요, 자기." 그녀가 속삭인다, 그의 목에 축축하고 사향냄새가 나는 숨을 내뿜으며. "첫번째 테스트를 치를 시간이에요."

머리 높이쯤에 휴대폰 하나가, 그것의 푸른 화면이 만들어낸 빛의 웅덩이 속에 떠 있다.

로버트는 양쪽 종아리 근육을 뻗으며 앞으로 나아간다. 나아가는 동안 팔꿈치가 그녀의 가슴을 스치자 그의 딱 붙는 스포츠 레깅스 아래에서 성기 부분이 살짝 불끈거린다.

"준비!"

그는 눈앞의 공중에서 휴대폰을 집는다. 그는 이런 기기를 잘 다룬다.

"자, 로버트 로이드." 섹시한 투스워트가 말한다. "이 이미지들을 봐요. 이게 당신이 생각하는 결말 중 하나인가요?"

그는 화면을 응시한다, 눈썹을 찌푸린 채, 가끔 손가락으로 화면을 스크롤하면서. 그는 눈앞에 보이는 장면이 마음에 들지 않는다.

투스위트는 조용히 헐떡이고 쉭쉭거리며 풀 향기를 내뿜는다.

"로버트? 이게 당신이 생각하는 결말 중 하나인가요?"

그는 고개를 내저으며 휴대폰을 물리친다. "안 돼요, 오 이런."

로버트는 똑바로 서서 투스위트를 향해 몸을 돌린다. "제발, 안 돼요……"

"뭐가 보이는지 말해요, 로버트." 부드러운 피부 위로 작은 새싹과 꽃잎이 돋아나기 시작한 투스위트가 말한다. 그녀의 예쁜 치아는 물러지면서 멍든 흰색 산딸기로 변해간다. 그녀의 입술은 얼룩덜룩한 깍지콩이다.

로버트는 땀을 흘린다. 그의 양팔 아래와 가슴 위에 시커먼 얼룩이 생겼다. 그는 라이크라 상의의 지퍼를 열고 이마를 닦는다.

"오 세상에 안 돼요. 제발요."

"자, 로버트?"

"그건, 그건 래니예요. 래니는…… 도저히 말 못하겠어요."

"보이는 걸 말해야만 해요. 로버트. 그렇지 않으면 계속 진행을 할 수가 없어요."

"래니는…… 래니는 학대당하고 있어요. 상처받고 있어요."

"그래서 이게 당신이 생각하는 결말 중 하나인가요? 이전에도 그 장면을 본 적이 있나요?"

로버트는 휴대폰을 응시한다. 그는 까다로운 산수 문제를 맞닥뜨린 남학생처럼 머리를 긁는다.

"재촉해서 미안해요, 로버트. 하지만 묻지 않을 수 없네요. 이게 당신이 생각하는 결말 중 하나인가요? 이게 당신이 본 아들의 모습인가요?"

로버트는 휴대폰에서 고개를 돌린다, 글썽이는 눈으로, 졸리와 피트가 있던 공간을 응시한다. 그리고 말한다, "네."

휴대폰은 사라졌다.

"브라보, 로버트." 이제는 썩어가는 꽃으로 완전히 뒤덮인 투스워트가 말한다. 축축하고 무딘 초목의 정령, 당장 TV에 출연해도 될 만큼 세련된 그녀의 억양은 귀에 거슬리는 느릿느릿한 말투로 변해버렸고, 눈과 입에서는 기름진 초록빛 액체가 새어나온다.

"아주 용감했어요. 당연히 그 이미지를 본 적이 있겠죠. 그걸 인정하다니 아주 용감했어요. 자, 이제 두번째 화면을 봐주세요."

새로운 휴대폰이 나타났고 로버트는 성큼성큼 걸어가서 단호히 화면을 스크롤하기 시작한다, 더 큰 고통에 대비하며, 하지만 빛나는 공중을 응시하는 그의 얼굴에 미소가 떠오른다. 그는 주먹을 꼭 쥐고 있던 한쪽 손을 펴며 킥킥거린다.

그가 자신의 뒤에 있는 투스워트를 돌아보며 미소를 짓는다.

"왜 그래요, 로버트? 그게 당신이 생각하는 결말 중 하나인가요?"

"아주 멋지네요! 래니예요. 정말 잘생겼어요. 살아 있어요! 이십대 후반이에요, 아니면 삼십대 초반? 아주 잘빠진 정장을 입고 있고, 더없이 활짝 웃고 있어요. 옆에 아름다운 여자와 팔짱을 끼고서. 래니의 푸른 눈이 눈부시게 빛나요! 정말 멋진 정장이에요. 래니는 살아 있고 잘 지내고 있고 결혼을 하고 있어요!"

"사랑스러운 모습이로군요, 로버트. 이게 당신이 생각하는 결말 중 하나인가요?"

로버트는 아들의 그 이미지들에 매혹된 나머지, 너무나도 안도하고, 너무나도 마음이 가볍고 후련하고, 너무나도 흥분해버린 나머지 생각할 겨를도 없이 대답한다. "네!"

마을회관은 어둠 속으로 내던져진다.

스포츠웨어도 사라졌고, 휴대폰도 사라졌다. 로버트는 떨고 있다. 관자놀이와 목덜미에 식은땀이 맺힌다. 그는 말하지도, 움직이지도, 자신이 뭘 잘못했는지 기억하지도 못한다.

"오 이런, 로버트. 탈락이에요. 이럴 때는 반드시 진실을 말해야죠. 피트는 그 일을 해냈잖아요, 안 그래요?"

투스워트는 로버트를 가스로 휘감아 껴안고는, 축 처진 채 꿈을 꾸고 있는 그를 방 저편으로 밀어 보낸 다음, 플라스틱 의자 위에 아무렇게나 털썩 내려놓는다.

"전혀 좋지 않아요, 로버트."

로버트.

로버트?

"로버트?" 졸리가 그의 어깨를 두드려보지만 그는 깊이 잠들어 있다.

　"피트?"

　두 남자는 의자 위에 널브러져 있다, 코를 골면서.

　그녀는 회관을 둘러보는데 그곳은 그저 회관일 뿐이다. 그녀는
실제 삶으로 되돌아온 듯하다, 혹은 잠에서 깨어난 듯, 혹은 살아
있는 듯, 혹은 이제 악몽에서 벗어난 듯하다. 그녀는 집으로 돌
아가야 할지 궁금해한다. 그녀는 밖에서 하루 스물네 시간 동안
대기중인 경찰관들이 자신이 집에서 나온 걸 알아차렸을지 궁금
해한다. 아니면 그들은 떠나버렸는지도 모른다, 다들 포기해버
렸는지도 모른다, 이 일은 이제 다 끝났거나 아니면 애초에 일어
나지도 않았는지 모른다. 그녀는 마른 손바닥으로 얼굴을 문지
르고 마을회관의 차고 퀴퀴한 공기를 들이마신다, 그 모든 세례
식과 성년식과 은퇴식과 기념식과 기념제의 공기, 경야經夜의 공
기, 그리고 부모와 아기가 함께하는 아침 놀이 교실의 공기를.
그녀는 마을에 살았던 이전 세대 주민들의 피부 입자를 들이마
시고, 곰팡이와 젖은 트위드 천 같은 맛을 느낀다.

"아, 드디어." 회관의 어두운 모퉁이에서 목소리가 들려온다, "우리 둘만 남았군요. 핑크색 티켓 3번. 중요한 티켓이에요. 최후의 승자를 결정짓는 티켓."

그는 책상다리를 한 채, 그녀가 평생 본 것 중 가장 아름다운 창조물에 앉아 있다. 조각품, 성소, 자연물로 만들어진 반짝이는 제단. 졸리는 쪼글쪼글한 잎사귀와 잔가지, 그리고 이끼로 뒤덮인 회관 바닥을 가로지르며 그것을 향해 걸어간다.

그것은 래니의 은신처다. 데드 파파 투스워트는 은신처 안쪽에 앉아 그녀를 기다리고 있다. 그는 정원 중앙의 장식품, 헛간 문 장식용으로 대량생산된 그린맨의 모습을 하고 있다. 무성한 떡갈잎 눈썹, 통통한 뺨, 담쟁이덩굴 머리와 밀단 수염. 그의 두 뺨에는 거푸집 자국이 남아 있고, 노란색 가격표를 떼어낸 자리에 남은 끈적끈적한 얼룩도 보인다. 그는 어깨를 으쓱하며 윙크를 한다.

은신처가 오목하게 오므린 손처럼 바닥에서 솟아오른다. 그것은 대부분 잔가지를 엮고 묶어서 만든 것으로, 훌륭한 솜씨로 짜여 있으며, 줄기와 덩굴손, 고사리와 진흙, 끈기 있게 껍질을 벗겨서 엮은 인동덩굴로 한데 고정되어 있고, 이끼와 뿌리 덮개를 빈틈마다 빽빽이 쑤셔넣어 단열 처리를 해두었다. 그리고 한두 계절을 지나며 단단하게 자리잡았다. 은신처는 튼튼하고 매혹적이다.

"그리고 디테일을 좀 봐요." 투스워트가 말하고, 졸리는 몸을 구부려 안쪽을 자세히 들여다본다. 새들의 알, 조약돌과 마로니에 열매, 달팽이 껍데기와 뼈로 장식된 실내는 작은 동굴처럼, 사랑스럽게 장식된 아주 작은 이교도 교회처럼 보인다. 벽면은 지질학적 단면도처럼 맨 아래부터 위쪽으로 층을 이루고 있다. 매듭지은 지푸라기, 이끼로 뒤덮인 나무껍질, 너도밤나무 숲의 숨겨진 쓰레기 매립장을 샅샅이 뒤져 찾아낸 깨진 도자기 그릇들이 각각 고리 모양으로 층을 이루고 있다. 모든 게 전체 디자인의 조화를 위해, 깊은 환영의 뜻을 나타내기 위해 한데 엮여 있다. 그 모습은 경외심을 불러일으킨다. 졸리는 투스워트 옆에 앉는다, 그리고 그녀는 그를 신뢰한다.

투스워트가 고개를 갸우뚱하며 질문을 던진다.

그녀는 고개를 끄덕인다.

그는 마치 허락을 구하기라도 하듯 졸리의 눈을 들여다본다.

그녀가 숨을 죽인다.

"제발요." 그녀가 말한다.

그리하여 데드 파파 투스워트는 부드럽게 시간을 비집어 열고 그녀에게 래니를 보여준다.

은신처가 사라진다. 모든 게 지어지기 이전 상태로 돌아간다. 그리고 그들은 어룽거리는 아침햇살 속에서 숲의 바닥에 앉아 있다. 그녀 아이의 소리가 들려온다. 노랫소리, 반은 노래고 반은 흥얼거림인 래니의 이상한 수다. 그리고 아이는 그들 사이에 있다. 교복 반바지와 티셔츠 차림으로, 빈둥거리고, 계획하고, 쏘다닌다. 섬세하고 목적의식이 뚜렷하다. 몇 개의 초기 이정표를 세우고, 땅을 개간하고, 막대기로 경계선을 그리고, 다시 어딘가로 사라졌다가, 꾸러미를 가지고 돌아왔다가, 다시 사라진다, 마치 저속 촬영한 자연 영상물처럼. 그녀는 래니를 일 초에 천 번이나 본다. 그녀의 작은 날개 달린 천사가 자신의 창조물을 돌보는 모습을, 깜박거리며 해가 뜨고 해가 지고, 끈기 있게 일하는 날들이 하루하루 쌓여간다. 그리고 그녀는 깨닫는다, 그들이 집에서 보낸 삶, 아이가 학교에서 보낸 시간, 그녀가 래니의 실제 존재라고 생각했던 것이 실은 아이가 방문했던 하나의 공간에 불과했음을.

    래니를 보니 너무 좋다. 축복. 그는 진짜가 아니다, 래니가 만진 것에 남아 있는 래니의 기억일 뿐이다. 그녀는 그 사실을 알고 있다. 그는 투명하다, 마치 빛 자체라도 되는 양 현실의 안팎을 오간다. 하지만 그럼에도, 그의 버릇, 그의 목소리, 그의 훌륭한 보디랭귀지, 그의 놀랄 만큼 푸른 눈은 그녀가 알던 그대로다. 그녀는 그 모습을 바라보며 은신처가 숲의 일부가 되어가는 것을 본다. 사슴 한 마리가 입구에서 머리를 쑥 내민다, 뒤이어 OS 지도*를 든 중년 여성이, 뒤이어 다람쥐가 보이더니, 이윽고 래니가 나타나 바닥에 누운 채 목청껏 노래를 부른다, 뿌리 덮개를 한아름 움켜쥐고 활짝 웃는다, 그러고는 흐느낀다, 주먹으로

---

* 영국의 육지측량부(Ordnance Survey)에서 만든 상세 지도.

바닥을 내리친다. 그러고는 등을 구부린 채 그 이상하고 짤막한 레시피를, 편지를, 계획을 적는다. 이내 그는 사라지고 은신처는 반쯤 완성되어 있다. 기다림. 그리고 온기가 그 공간에 이상하고 칙칙한 빛의 칼날을 꽂는다. 그곳은 성스러운 공간이다. 투스워트의 콘크리트로 된 피부는 바스락거리는 소리와 함께 부드러워지면서 생명을 얻는다. 이제 그는 진짜 나뭇잎으로 되어 있다. 그리고 졸리를 향해 미소를 지으며 입 모양으로만 "봐요" 하고 말한다.

그들 주위로 벽이 올라온다. 래니는 짐을 싸며 만지작거리고 있다. 잡아당기고 있다. 매듭을 묶으며 혀를 차고 있다. 휘파람을 불며 재잘거리고 있다. 그리고 졸리는 자신의 뺨에 닿는 래니의 숨결을 느낀다. 그녀는 눈을 감은 채 낮과 밤의 쿵쿵대는 맥박을 느낀다. 그리고 눈을 떴을 때 벽은 완성되어 있고 래니는 그녀와 투스워트 사이를 날쌔게 오간다. 벽면에 달팽이 껍데기와 백악을 붙이고, 가능한 모든 틈마다 견과와 단단한 산딸기, 죽은 곤충과 특이한 잔가지를 끼워 넣는다. 그러고서 그녀는 자기가 아는 다른 아이들이 웃으며 일순간 은신처로 뛰어드는 걸, 그애들 중 하나가 한쪽 벽을 망가뜨리는 걸 본다. 그리고 래니는 돌아와서 참을성 있게 그것을 수리한다. 미소를 지으며 작업을 한 다음 드러누워서 어머니의 눈을 똑바로 쳐다본다. 그녀는 미소를 짓고 아이도 미소로 화답한다.

래니는 노래한다 "기도를 하고 행실도 바르게 하렴, 안 그럼 데드 파파 투스워트가 널 잡으러 올 테니" 그리고 눈을 감는다.

래니는 말한다, "노인의 수염과 담쟁이덩굴 그리고 이끼, 수백 번의 계절을 무사히 지나가."

"래니? 얘야?"

그는 그녀의 말을 듣지 못한다.

졸리의 맞은편에서 몸을 쭈그린 채, 투스워트는 거무스름해졌고, 잎으로 뒤덮인 그의 머리는 썩어서 부엽토, 곰팡이와 갈색 파문이 되었고, 부패물과 효소로 인해 축축하고 묵직하다. 그에게서 자연의 진실 같은, 섹스와 죽음 같은 냄새가 풍긴다. 그것은 위안을 주는 냄새이고, 졸리는 기뻐하며 숨을 들이마신다. 공간이 크게 요동치고 코를 골며 웅웅거린다. 투스워트는 저절로 움츠러들고 쪼그라드는 것처럼 보인다. 버섯들이 거무스름해지면서 축축한 덩어리로, 질척하고 울룩불룩한 가을 퇴비로 변해 간다.

투스위트는 그녀를 응시한다. 그는 한쪽 손을 들어올리고, 그 손은 광대버섯에서 한 뭉치의 파리떼로 변하더니 곧 사라져버린다. 그는 다른 쪽 손의 희미한 윤곽을 들어올려 자신의 입술로 가져가더니 그녀에게 키스를 보낸다.

그가 뭐라고 말하지만 졸리에게는 쌕쌕거리는 소리만 들릴 뿐이다. 그는 땅속으로 가라앉고 있다.

"뭐라고요?" 그녀가 말한다. "뭐라고요?"

그는 "따라와요" 혹은 "따라가요"라고 속삭이는 듯하고 그의 얼굴은 점차 용해되면서 한 점 얼룩처럼 어두워진다.

그녀는 래니가 배낭 안에 물건들을 챙기는 걸, 떠날 준비를 하는 걸 본다. 벽의 틈새들로 밤이 기어들고 있다.

"안 돼!"

졸리는 겁에 질려 어쩔 줄을 몰라한다. 그녀는 아들 쪽으로 움직이려 해보지만 몸이 제자리에 고정되어 있다. 두 다리가 꿈쩍도 하지 않는다. 그녀는 움직일 수 없다.

래니는 깡충 뛰어오르더니, 배낭을 움켜쥐고 머리를 휙 숙이며 은신처 밖으로 나간다.

"기다려!"

래니는 달려가고 있다. 길 위로, '엘비스 헤어 호손'을 지나, 울타리 디딤대를 넘어 어두운 숲속으로, 나무들 사이로 쏜살같이 달린다. 그루터기와 검은딸기나무를 뛰어넘는다. 등에 멘 배낭이 위아래로 흔들린다.

"래니!"

졸리는 쫓아가려 애쓴다. 하지만 그냥 보고만 있다. 그녀는 허깨비일 뿐, 육신이 없다. 그녀는 뒤따라가고 있지만 그것은 그녀 자신의 속도가 아니고, 땅을 밟거나 날씨를 느끼지도 못한다. 그녀는 실재와 실재 아닌 것 사이에 붙들린 채, 불완전한 대기 사이를, 견고한 나무 사이를 지나고 있다. 그녀는 세트장을 좌우로 패닝 촬영하는 카메라 같다. 그것은 지극히 고통스러운 상황이지만, 동시에 그녀의 마음은 눈앞에 보이는 광경에 대한 깊은 고마움으로, 마약처럼 환희로운 감사함으로 충만하다. 그녀의 눈앞에 래니의 모습이 보인다. 그들은 해칫 숲에 도착해 있다.

오래된 숲의 가파른 측면이 잘 관리된 들판 가장자리의 울타리와 만나면서, 수백 야드에 걸쳐 더 가늘고 어린 나무들이 듬성듬성 심긴 땅이 나타난다. 그곳은 경계 지역처럼 느껴진다. 그녀로서는 어딘지 확실히 알 수 없는 곳들이 만나는 지점. 침착하다, 이곳은, 텅 빈 무대처럼 준비된 채 기다리고 있다.

그녀는 래니에게 다가가고, 그는 무릎을 꿇고 바닥을 뒤적이다가 담요처럼 바닥에 깔아놓은 나뭇가지 무더기를 옆으로 치운다. 그는 배수구의 커다란 금속 뚜껑을 연다. 드라이버를 사용해 뚜껑을 살짝 들어올리고, 아래쪽으로 손가락을 집어넣은 다음 뚜껑을 젖혀서 뒤집는다. 뚜껑은 무겁게 쿵 소리를 내며 잎으로 뒤덮인 바닥에 떨어진다.

졸리는 래니를 소리쳐 부르지만 그가 듣지 못한다는 걸 알고 있다.

래니의 야영지는 폐기된 빗물 배수구로, 언덕을 파서 만든 것이며, 바로 앞까지 다가가기 전에는 보이지 않는다. 그곳은 소년이 들어가기에 딱 알맞은 크기의 공간이다. 숲의 바닥에 뚫린 굴. 숨기에 완벽한 장소.

그녀는 래니가 기어 들어가는 모습을 본다.

"래니, 안 돼!"

졸리는 지면에서 3피트 아래에 위치한 금속 안전망 위에 앉아 있는 래니의 모습을 바라본다. 그리고 그가 배낭에서 노트, 펜, 매듭 모양의 부적, 책, 작은 물병과 초코바를 꺼내는 것을 바라본다.

그녀는 공포에 질린 채 래니가 쇠창살 위에서 꼼지락거리는 모습을 바라본다. 이리저리 뒤척이는 모습을. 그녀는 래니가 딸각 소리와 함께 일어난 변화를 감지하는 것을, 그가 뭔가 잘못되었음을 깨닫는 끔찍한 찰나의 순간을 본다. 검게 멍든 구름의 그림자가 쿵쿵거리며 빈터를 가로지르는 동안, 그의 얼굴 위로 걱정스러운 표정이 지나간다.

펑 하고 끼익 하는 소리.

작은 금속 경첩이 딱 하고 부러지고, 녹슨 쇠창살이 버려진 배수구의 내벽으로부터 분리되어 아래로 떨어진다. 세상이 무너져 내린다. 아이와 그의 모든 물건들이 암흑 속으로 곤두박질친다.

래니는 어두운 구덩이의 바닥에서 고통에 차 울부짖고, 졸리는 고함을 지르며 허공을 마구 할퀴지만 그녀는 거기 없다. 그녀는 무력하고 고요하다. 그는 기어나올 수 없고 그녀는 기어 들어갈 수 없다.

그녀는 구멍에서 흘러나오는 비명과 울음, 도움을 청하는 외침, 울부짖음으로 쉬어가는 목소리를 듣는다. 두려움으로 가장자리가 톱니처럼 변한 아이의 마음이 내는 소리들. 어리둥절함과 부끄러움, 그리고 당혹스러운 고통으로 인해 내지르는 비명.

아야 아야 아야 하고 애원하는 소리와 돌연 꽥 내지르는 소리. 그는 자신이 발견되기를 간절히 바란다. 그는 기어오르거나 허우적거리면서 손으로 붙잡을 수 있는 곳을 찾으려 온갖 애를 쓴다. 그는 갇혔다. 여러 방법을 시도해본다. 책을 밖으로 던지고 그것은 바깥에 떨어지지만, 불행하게도, 도중에 펼쳐져버렸다. 래니는 비명과 고함을 내지르며 부모님을 부른다. 친구들을 부른다. 선생님들을 부른다. 자신의 친구 피트를 부른다. 그들 모두를 소리쳐 부른다.

달이 숲 전체에 납작한 빛의 담요를 펼쳐놓는다. 졸리는 그것을 견딜 수 없다. 그녀는 구멍 안을 들여다보길 간절히 원한다. 래니에게 가닿기를 원한다. 그와 함께 안으로 기어 들어가기를 갈망한다. 하지만 그녀는 알고 있다. 자신이 보는 건 다시 보기 장면임을, 자신이 시간의 주름 속에서 그 장면을 응시하고 있음을. 시간. 완벽한 밤의 시간. 숲속에서, 당신의 아들이 사라지는 걸 지켜보는.

그녀는 그림 속의 성모 마리아를 떠올린다. 환상 속의 어머니, 다가올 미래로 채워질 공백이 무릎 위에 놓여 있는. 두 손으로 그 부재를, 한때 그녀의 아들이 있었던 빈자리를 감싼 채 어루만

지고 있는.

시간이 속도를 높이다가 정지한다. 졸리에게 익숙한 방식으로 불안하게 뒤뚱거리고 버릇없이 군다. 그녀가 아들의 흐느낌을 듣지 않아도 되도록 어두운 순간들을 서둘러 지나치더니 아이가 조용히 있는 장면에서 가만히 멈춰 선다. 이제 그곳에는 그들 사이의 끔찍하리만치 가까운 거리만이 존재할 뿐이다. 그 비현실적인 만남에는 일종의 우아함이 깃들어 있다. 래니가 갓 태어났을 때 그랬던 것처럼, 그가 처음으로 숨을 쉬고 젖을 빨던 아주 작은 아이였을 때 그랬던 것처럼.

그는 마시는 물의 양을 제한한다. 하지만 이튿날 아침에 마지막 남은 한 모금의 물을 마시고 만다.

기나긴 시간에 걸쳐 침묵이 이어진다. 그녀가 보낸 지난 한 주 동안의 일들이 언뜻언뜻 모습을 드러낸다. 경찰관 한 명이 숲의 초췌한 꼭대기 쪽 가장자리를 터벅터벅 거닐며 사진을 찍고 있고, 졸리는 절망적으로 소리를 지른다. 그녀가 외친다―무음으로―래니가 여기 있다고, 그가 바로 여기 있다고. 어떻게 래니가 지금까지 발견되지 않은 거지?

　형광 노란색 재킷을 입은 한 무리의 자원봉사자들이 지팡이로 긴 풀을 때리며 들판의 가장자리를 걷는다.

　오소리가 느릿느릿 기어와 펼쳐진 책에 코를 대더니 무심하게 냄새를 맡는다.

　한 남자가 구멍 가까이 다가온다. 그는 담배를 피우며 래니의 이름을 부르고 있다. 걸어가면서 나뭇잎들을 발로 차고 있다. 그는 래니를 찾으리라는 기대를 가지고 수색을 하지 않는다. 래니는 잠든 게 틀림없고 밖을 향해 소리를 지르지 않는다. 남자는 다른 곳으로 가버리고 또다른 밤이 시작된다.

　이윽고 그녀는 듣는다. 래니가 노래를 부르기 시작하자 동그랗게 말린 채 구멍 밖으로 울려퍼지는 노랫소리를. 부분적인 각운과 동요 가사, 엉성하게 부르는 팝 음악과 구조를 애원하는 반복적인 흐느낌이나 기도문을 엮어 만든 화환. 그의 희망은 점차 희미해지기 시작한다.

래니는 자신이 느끼는 엄청난 갈증, 지독한 추위, 자신의 똥과 오줌과 눈물에 대해 이야기한다. 졸리의 마음은 무너져내린다. 그녀는 래니의 이상한 기도 소리를 듣고, 그는 그 기도를 남김없이 털어내고 내뱉어버린다. 이제 우리 아래쪽에서 자라나고, 우리 위쪽에서도 자라난다.

빗물을 받아라, 그가 외친다. 넌더리를 내며, 애원하며, 물을 꿈꾸며. 그는 이끼로 뒤덮인 감방의 벽을 핥는다. 땅바닥의 더러운 이끼 덩어리들을 빤다. 스스로를 증오한다. 인간의 몸에 대해 알 만큼 알고 있는 그는, 물을 못 마시면 자신의 몸도 망가져버리리란 걸 안다.

넷째 날 혹은 다섯째 날 저녁에 래니는 곧장 엄마를 향해 말한다. 미안하다고 말한다. 사랑한다고 말한다. 고마움과 후회에 대한 이야기들을 속삭인다. 목이 너무 마르다고. 매 순간 머릿속으로 물에 대한 생각을 쉼없이 떠올릴 수 있을 지경이라고 말한다. 그는 미안해요 미안해요 미안해요 미안해요 미안해요 하고 말한다. 미안해요, 엄마. 미안해요, 아빠. 아치랑 앨프랑 루카스 부인에게 미안하다고 전해주세요 피트한테 미안하다고 전해주세요 할머니에게 미안하다고 전해주세요. 그는 자신의 은신처에 대해 설명하며 엄마가 그것을 발견해주길 바란다. 자신의 침대가 여기서 불과 반 마일 떨어진 곳에 있는데, 차갑고 축축한 이곳 배수구에 산 채로 갇혀 극심한 고통을 겪고 있다는 기이하고도 끔찍한 사실에 대해 노래한다. 그는 흐느끼며 자신을 찾아달라고 부탁한다.

"제발 절 찾아주세요."

그는 말한다. "엄마, 전 죽어가고 있어요. 전 죽어가고 있어요, 엄마."

한참 후에, 눈을 감은 채, 옆으로 웅크리고 누운 채, 몸을 떨면서, 그는 기억해낸다. 어두운 잠 속으로 미끄러져 들어가던 바로 그 순간, 혀가 딱딱하게 굳고 피의 흐름이 느려지던 바로 그 순간, 지칠 대로 지친 목소리로, 그가 속삭인다. "투스워트?"

졸리의 몸에 소름이 돋고 눈앞의 광경 전체가 돌연 스냅사진처럼 선명히 되살아난다. 공기가 상쾌하다. 숲은 깨어 있다.

래니가 말한다. "투스워트? 나한테 약속했잖아. 난 목이 말라. 응?"

"투스워트?"

래니가 갇힌 곳으로부터 50야드쯤 되는 곳에서 너도밤나무 묘목 하나가 몸을 부르르 떨면서 굵직해지더니 조그마한 인간의 형상으로 변한다.

졸리는 그를 지켜보다가 뭔가를 깨닫고는 미소를 짓는다.

물론 그렇겠지.

그는 아이다.

졸리는 지금 그가 뒤집어쓰고 있는 게 그의 본래 외피 같은 것이 분명하다고 생각한다. 신록. 그는 덤불 맞은편에 작고 침착한 모습으로 서 있다. 푸른 줄기의 체인질링*. 그는 벌거벗은 채 황혼 속에서 빛나고 있다. 파르르 떨리는 잎이나 줄기의 얇은 가장자리들이 그가 내딛는 걸음의 무게를 지탱해내고, 그는 이내 포유동물로 변하더니, 다시 녹아내리듯이 모습을 바꿔 식물로 돌아간다. 그는 행복해 보인다, 지금은. 저녁 이 시간의 대기에 감도는 무딘 평화는 그에게서 뿜어져 나오는 듯하다, 태곳적부터. 졸리는 천천히 앞으로 나아가는 그를 지켜본다, 환히 빛나는 그의 모습, 그리고 그녀는 그가 선하다는 걸 깨닫는다. 어쩌면, 신일지도.

투스워트가 숲의 바닥에 갇힌 친구를 향해 살금살금 다가간다. 구멍 앞에 도착하자 바닥에 엎드려, 뚜껑 너머로 안을 자세히 들여다본다.

그가 소년에게 말한다.

초록나무 래니, 너를 보면 꼭 나를 보는 것 같아.

---

* 요정이 빼앗아간 아이 대신 남겨놓는다고 하는 작고 독특한 외형을 가진 아이.

투스워트가 일어선다. 그는 졸리를 보고 있는 듯하다. 그녀는 그의 시선을 계속 버텨내지 못한다. 그녀의 머리와 두 눈은 서로 어떤 신호를 주고받아야 할지 모르고, 그래서 해결이 나지 않는다. 그는 일정한 형태를 갖추었다가 말았다가 하기를 반복하며 깜박깜박 빛난다. 삼림지대 앞에서, 그녀가 품은 불신 앞에서, 보호색으로 위장하거나 비존재가 된 채로. 하지만 다가올 깨어남의 고통을 알고 있는 그녀는, 자기 자신의 꿈을 방해하거나 그 속에 짓궂게 출몰하는 숙련된 꿈 전문가이기에 정신을 집중한다. 그녀는 몸이 부서져버리기라도 할 듯이 강렬한 시선으로 그를 쳐다본다.

투스워트가 구멍 위로 한쪽 팔을 들더니 필요한 것이 자라나게 한다.

오목하게 펼친 그의 손바닥 안에 사과의 과육이 생겨난다. 초록색 얼룩으로부터 천천히 솟아오르더니, 둥글어지는 동시에 적갈색으로 변한다. 완벽하게 현실화된 반점투성이 사과 한 알, 이 일에 딱 알맞은. 그는 사과를 래니에게 떨어뜨려준다. 그러더니 사라지고, 그러더니 좀더 망설이며 다시 돌아오고, 그러더니 구멍 주위를 맴돈다, 하나의 형상이라기보다는 이런저런 것들 사이에서 물결치는 에너지로. 그러더니 그는 아주 가만히 서 있는다, 정신을 집중한다, 산들바람에 몸을 부드럽게 흔든다, 그리고 그가 손가락을 꼼지락거리자 개암나무 열매들이 생겨난다. 손을 흔들고 박수를 치자 자두 한 알이 생겨난다. 체리가 한 움큼 생겨난다. 너도밤나무 열매와 달래 약간, 산딸기와 라즈베리와 로건베리 수십 개가 그의 몸에서 익어 떨어지더니, 아이의 목숨을 지키기 위해 구멍 속으로 들어간다.

투스워트는 자신이 선의로 길러낸 기적의 수확물에 만족한 듯 보인다. 마치 이 생명을 구하기 위해 긴 세월을 기다려온 것처럼. 그가 블랙베리와 월귤나무 열매를 안으로 던진다, 은신처 둘레를 느린 보폭으로 천천히 돌면서. 그는 아래에서 들려오는 소음, 깜짝 놀라며 마음껏 먹는 소리에 귀를 기울인다. 투스워트는 소리 내어 웃고, 그 웃음은 백 마리의 작은 새들이 날아가는 소리다. 그가 허리를 숙이고 두 손을 우묵하게 모은다, 잎의 기공을 막아 훌륭한 나뭇잎 그릇을 만들고, 그것을 물로 가득 채운다, 백악질 아래의 대수층에서 길어올린 차가운 샘물로. 그는 아이가 마실 수 있도록 그 물을 아래로 흘려보낸다.

모든 생물들이 힘을 보태고 있다.

밤이 내린다, 그리고 데드 파파 투스워트는 할일을 마쳤다.

졸리가 깨어난다. 그녀는 그동안 숲의 바닥에 누워 있었다. 그곳에 얼마나 오래 있었던 건지, 그녀는 알지 못한다. 달이 살짝 보이는 차가운 날씨고 그녀는 방향감각을 잃었다.

떨고 있는 숲에서 작은 목소리가 들린다. 그녀를 부르고 있다.

잘 보이진 않지만, 위쪽에 줄지어 선 나무의 테두리에서 희미한 빛이 비치고 졸리는 자신이 혼자가 아님을 안다. 그녀는 자신이 가까이 있다는 걸 알고 소리친다. "여기예요!"

담쟁이덩굴과 검은딸기나무, 쓰러진 나무들, 철조망과 부식된 기둥들로 이루어진 두터운 장벽이 눈앞에 있다. 자신이 가까이 있다는 걸 아는 그녀는 그 장벽을 뚫고 나아가려 애쓴다. 고사리 덤불을 발로 차면서, 하지만 전혀 진척이 없다. 나무들의 윤곽은 여전히 아까와 같은 거리에 있고, 그곳은 온통 덤불들로 뒤엉켜 있다. 그녀의 기억에 그곳은 좀더 탁 트이고, 덜 빽빽하고, 더 가까운 곳이었는데, 그녀는 전혀 진척이 없다. 그녀는 다시 무릎을 꿇는다. 그리고 비탈을 오르려 발버둥치느라 앞을 보지 못한다. 까딱하면 뒤로 넘어져 지면에서 이탈할 것만 같은 기분인데, 그때 "가자!" 누군가가 뒤에서 그녀를 힘껏 밀어준다. 두 개의 단단한 손, 또다른 몸에서 전해지는 힘, 일종의 버팀대. 마치 전투라도 치르는 듯한 소리를 지르며, 그녀 곁에 로버트가 있다. 그들은 힘겹게 기어올라 목표 지점에 더 가까이 다가가고, 그곳은 익숙하지만 그녀가 봤던 것과는 다르고, 통나무와 낡은 차의 파편들이 있으며, 그녀는 거대한 부싯돌에 걸려 발을 헛디디고, 그녀와 빈터 사이에는 검은딸기나무가 빽빽하게 자라나 있다. 졸리는 들장미 덤불에 뛰어들었다가 손에서 피를 흘리고, 로버트는 잡초와 가시로 이루어진 요새를 발로 차고 또 차는데, 졸리가 거의 뒤로 넘어질 뻔했을 때 또다른 누군가의 힘센 두 손이 졸리의 등을 밀어준다. 그들 곁에 피트가 있다. "가요!" 피트는 덤불을 잡아당기고 있다. 쐐기풀을 짓밟고 있다. 곰팡이가 핀 거대한 나무 덩어리들을 굴려버리고 있다. "내가 뒤에서 잡아줄게요"라고 소리치면서, 그리고 그들 셋은 마치 안내라도 받고 있는 것처럼 단호하게 앞으로 나아간다. 필사적인 노력의 삼위일체. 그들은 거칠게 돌진하고 잡아당기고 팔다리를 마구 흔든다. 그리고 졸리는 큰 소리로 래니를 부른다.

그녀는 그의 이름을 부르짖는다. 피트와 로버트가 합세해 래니의 이름을 외친다. 그들은 그의 이름을 덤불 속으로, 어둠 속 우묵한 곳으로 밀어넣고 쑤셔넣는다. 나아갈 길을 찾으며, 그러

다 그들은 빈터로 들어선다. 익숙한 냄새와 젖은 잎사귀들, 백
년은 됐을 법한 깨진 유리병 한 무더기, 원뿔형 도로 표지, 뭔지
알 것 같은 쓰레기, 동시대의 쓰레기, 로버트의 눈에 익은 플라
스틱 휴대용 물병. 그가 비명을 지르자 나머지 두 명이 그에게
온다. 그리고 졸리가 말한다. 바로 이곳이라고. 여기가 바로 거
기라고. 그곳에는 지퍼백이 있다. 비교적 깨끗하며 최근에 버려
진 듯하다. 그곳에는 아동용 페이퍼백이 있다. 그들은 주변을 뒤
진다. 각자 무언가를 발견할 때마다 소리를 지른다. 그리고 이
제 그들 곁에는 개들이 있다. 몹시 흥분한 채, 이리저리 몸을 들
이밀며 숨을 헐떡이고, 코를 킁킁거리고 멍멍 짖어댄다. 날은 어
둡지만 깜박이는 빛이 있고, 다른 사람들도 있다. 여러 목소리
들, 손전등을 든, 장갑을 끼고 튼튼한 부츠를 신은, 명확한 목적
을 지닌 사람들, 거대한 전지가위들, 차량들. 뒤엉킨 덤불은 불
빛에 의해 풀어져 원래대로 돌아온다. 땅은 갑자기 다시 평범한
땅이 되어 있다. 작고 평평하고 친밀한 공간. 옆으로 좀 비켜주
세요. 떨어져서 서주세요. 그곳에 금속 뚜껑이 있다. 그리고 콘
크리트로 된 네모난 공간. 뚫린 구멍이 있다. 지직거리는 무전기
와 멀리 보이는 푸른 불빛들. 고함과 불협화음과 사이렌소리와
안내 방송, 가림막들. 큰 소리로 공간을 확보하라고 외치는 사람
들, 장비를 갖고 오라고, 사건 현장을 제대로 보존하라고, 침착

하라고 외치는 사람들, 그리고 조용히 좀 해달라고 외치며, 엎드린 채, 안으로 몸을 뻗는 졸리. 기이한 배수구 주변을 비추는 작은 빛의 파편들, 수신호들, 삐 소리들, 헐떡임과 욕설, 그리고 별안간 그 숲에서, 모든 게 정지한다.

모두가 조용하다.

그저 한 어머니와 그녀가 외치는 아이의 이름뿐.

페기

가짜로 지어낸 것들이다, 결말이란. 바보들이 살아가는 데 꼭 필요한 것, 그리고 그것이 주장하는 바가 늘 실상과는 다른 것.

그럼에도 불구하고.

나는 그들이 해칫 숲의 배수구에서 래니를 끄집어낸 그해 여름에 죽었다. 심장이 멈췄다, 하지만 내 몸은 서서 대문을 붙잡은 채로 십오 분을 더 버텼다. 차갑게 식어가는 내 시체에 대고 몇몇 사람들은 오후 인사를 건넸다. 마침내 가벼운 바람이 불어와 나를 쓰러뜨렸다. 길 위에 누운 지 한두 시간이 지나서야 나는 내가 자유의 몸이 되었다는 걸 깨달았다, 길 위에 누워 있는 페기 할멈의 시체를 놔두고 그냥 일어나서 떠나도 된다는 걸.

나는 거의 매일 밤마다 래니의 장소로 올라가고 그곳은 이제 눈에 띄게 변했다. 대지가 불안에 떨던 곳 근처에 소년 같은 묘목 한 그루가 서 있다. 그것은 절대 자라는 법이 없다. 키는 사내아이만하고, 건강하며, 저녁 햇빛이 잘 드는 곳에 자리잡고 있다.

그 위에서 느껴지는 바람의 숨결은 한층 더 부드럽다. 불어오는 바람의 깊이가 다르다. 그 소년의 존재 자체가 그곳을 바꾸어놓았다. 그가 부른 노래들이 그 위에 뭔가를 남겨놓았다.

그는 이제 다른 이름으로 불린다. 누군가가 물으면 그는 단순한 이야기를 들려준다: 그는 넘어졌다. 잠이 들었다. 겁에 질렸다. 그는 배낭에 있던 과자 덕분에 살아남았다.

그는 안다, 사람들이 그들이 기대했던 이야기, 혹은 원했던 이야기를 빼앗겼음을. 그는 안다, 살아서 발견된 순간 자신은 걸어다니는 죄인이 되었음을.

벽보와 전단지는 재활용되었다. 경찰은 사라졌다. 가족 담당 수사관은 승진했다. 로버트와 졸리의 결혼은 파탄에 이르렀다. 피터 블라이스는 더이상 작품을 내놓지 않게 되었다. 래니는 이제 키가 더 컸고 털도 많아졌다. 그는 더 천천히 움직인다. 예전보다 질문이 적어졌고 인간과 자연에 대해서도 보다 상식적으로 생각한다. 그는 버스 정류장 뒤에서 친구들과 모여 담배를 피우며 웃는다.

그는 데드 파파 투스워트에 대한 기억을 지우고자 애써왔다. 어떤 언어의 마지막 사용자가 그러하듯 그는 살아남기 위해 잊어야만 했다. 하지만 그것과 관련된 어떤 기억들은 그의 골수에 스며 있다.

내가 계속 이야기를 이어갈 수도 있겠지만, 대신 직접 보시라:

인위적으로 조성된 영국의 어느 숲 깊은 곳에서 한 노인이 그루터기에 앉아 쓰러진 나무의 뿌리를 바라보고 있다.

그는 커다란 스케치북과 나무판자 두 개를 꺼낸다.

그는 작은 목탄 상자를 열고 부서질 것 같은 불탄 버드나무 가지 하나를 끄집어낸다. 그는 앉아서 아무것도 하지 않은 채 십 분 동안 나무뿌리를 바라보기만 한다. 너도밤나무들이 그를 지켜본다. 지붕처럼 우거진 이파리의 안전한 그늘 아래에서.

그러더니 그는 마른 손바닥의 불룩한 가장자리를 종이 위에 대고 이리저리 움직이기 시작한다. 선은 긋지 않고, 다만 팔과 눈과 자신이 바라보고 있는 형상이 서로 친해지도록 한다. 그러더니 그는 자신감 있는 손놀림으로 뿌리를 그리기 시작한다. 종이 위에 그것들을 구체화시킨다. 그가 긋는 선은 이리저리 뛰어오르며 뿌리라는 관념을 못살게 군다. 그러자 뿌리는 장난을 치며 뼈, 뒤엉킨 몸뚱이, 불타버린 건물, 거대한 공업용 기계의 파괴된 금속 뼈대, 옆얼굴, 뱀, 옹이와 구멍으로 모습을 바꾸고, 노인은 색을 어둡게 칠하면서 그것들이 점차 나무뿌리처럼 보이고 느껴지기 시작하는 걸 확인하고는 미소를 짓는다.

"미치광이 피트."

"아, 멋진 저녁이네요 선생님."

노인이 허리를 굽히며 그림을 바닥에 내려놓는다. 한 손으로 등 아래를 붙든 채, 뼈마디에 통증을 느끼며 그가 자리에서 일어선다.

"어서 이리로 와요."

두 남자는 서로를 껴안는다. 노인보다 키가 30센티미터 정도 더 큰 젊은 남자는, 미소를 지은 채 포옹을 하려고 상체를 구부리다가 바닥에 놓인 그림을 본다.

"멋지네요."

"나쁘진 않죠, 뒤러* 선생님, 선생님도 한번 그려보시죠."

젊은 남자는 배낭에서 맥주 두 병을 꺼낸다. 그리고 배낭을 뒤져 열쇠를 찾더니 그걸로 맥주 두 병을 모두 따고는 한 병을 노인에게 건넨다. 그들은 건배를 하고 맥주를 마신다.

"엄마가 전해드리래요." 남자에게 책을 한 권 건네며 소년이 말한다. "엄마 신작 사인본이에요."

"오 이런 빌어먹을, 또 악몽을 꾸게 생겼군."

---

* 알브레히트 뒤러. 르네상스시대의 독일 화가이자 조각가.

"악몽이야 늘 넘쳐나죠."

노인이 스케치북에서 종이 한 장을 뜯어내 금속 클립으로 여분의 판자에 고정시킨다. 그는 그 판자와 목탄 하나를 자신의 친구에게 건네고는 턱을 들어 뿌리 뽑힌 나무를 가리킨다.

그들에게는 아직 밝은 빛이 한두 시간 정도 남아 있다.

그들은 자신을 둘러싼 숲을 그린다.

다음의 분들에게 사랑과 감사를 전합니다.

리사 베이커.

미치 에인절과 이선 노소스키.

페이버 출판사, 그레이울프 출판사, 에이킨 알렉산더 에이전시와 그란타 출판사의 모든 분들.

케이트 워드, 루이자 조이너, 엘리너 리스, 조니 펠럼, 레이철 알렉산더, 케이트 버턴, 캐서린 데일리, 케이티 홀.

루시 디킨스.

제 책을 출간해주신 해외의 모든 출판사와 번역가분들 그리고 친구들.

무엇보다도, 제스, 당신께 무한한 감사를 드립니다.

상실과 희망의 사운드스케이프

『래니』는 데뷔작『슬픔은 날개 달린 것』으로 우리에게 이미 소개된 바 있는 영국의 소설가 맥스 포터의 두번째 장편소설이다. 장편소설이라고 하긴 했지만, 그의 데뷔작을 읽은 독자라면 누구나 쉽게 예상(혹은 기대)할 수 있듯이, 기존의 관습적인 소설과는 꽤나 거리가 있는 실험적인 작품이다. 『래니』에서 맥스 포터는 여러 면에서 전작의 실험을 이어가기도 하고, 그 실험을 더 극단적으로 밀어붙이기도 한다.

주제와 형식에 대하여

전작과의 가장 큰 공통점으로는 우선 그 주제를 들 수 있겠다.

『래니』의 주제(중 하나)는 놀랍게도『슬픔은 날개 달린 것』과 같은 '상실'이다. 전작이 아내/어머니의 때 이른 죽음 이후 남편/아이들이 겪는 상실감과 그것을 받아들이는 과정을 그렸다면,『래니』는 런던 외곽에 사는 래니라는 소년(정확한 나이는 의도적으로 감춰져 있다)이 실종 사건을 거치면서 겪게 되는 신비감의 상실, 자연과 교감하는 능력의 상실을 그리고 있다.

　주제 외에 형식 또한 일견 비슷해 보인다. 시의 인용으로 시작해서 1부, 2부, 3부의 구성으로 되어 있다는 점, 그리고 1부에서 여러 중심인물이 번갈아 화자로 등장하며 그중에는 전작의 괴팍하고 장난스러우면서도 따뜻한 성정의 '까마귀'를 방불케 하는, 전지적이고 관음증적이면서도 결국에는 선한 의지를 표출하는 '데드 파파 투스워트'도 있다는 점이 특히 그러하다.

　하지만 공통점은 거기까지다. 데드 파파 투스워트는 까마귀와 달리 직접 화자로 등장하지 않고 오직 묘사되고 서술될 뿐인데, "괴팍한 투스워트의 기분을 좋게 해줄 수 있는 건 오직 하나뿐이고 그것은 바로 듣는 일이다"라는 말에서 알 수 있듯이 그는 다변가 까마귀와는 달리 '듣는 자'라고 할 만한 존재이다. 그가 무작위로 동시에 훔쳐 듣는 마을 사람들의 목소리는 일종의 '사운드스케이프soundscape'를 형성하며『래니』전체에 울려퍼지는 시끄러운 배음背音을 만들어낸다. 쇤베르크적으로 말하면 일종의

'불협화음의 해방' 효과를 소설적으로 구현하고 있다고나 할까. 이러한 효과는 심지어 파편적인 문장들을 휘거나 겹치게 하는 등의 시각적 효과를 통해 종이 위에서도 물리적으로 적절히 구현되고 있다.

이러한 다성적 특징은 1부의 구조를 버리고 새로운 구조를 취하는 2부에서 그 정점에 달한다. 2부에서 우리는 래니가 실종된 이후에 너 나 할 것 없이 서로의 의견을 내뱉는 마을 사람들과 심지어 경찰 관계자들 전체의 목소리를 가감 없이 듣게 된다. 아니, 마을의 사운드스케이프 한복판에 내던져진다고 하는 게 더 옳은 표현일지도 모르겠다.

작품 전체를 통틀어 가장 흥미로운 점 가운데 하나는, 래니의 목소리가 늘 다른 사람들의 목소리를 통해서만 들린다는 사실이다. 그리하여 우리는 소설이 진행되는 내내 래니를 가까이에서 지켜보고 그의 목소리를 바로 옆에서 듣는다고 느끼지만, 사실 래니의 마음속으로 들어가는 직접적인 길은 원천 봉쇄되어 있는 셈이나 마찬가지이다. 하지만 그렇기 때문에 래니는 계속해서 고정되지 않은 존재로 남아 있을 수 있고, 보다 더 상상의 존재, 즉 '그린맨'의 분신에 가까운 존재가 될 수 있는 것이다.

'그린맨'에 대하여

『래니』에서 래니와 더불어 가장 중요한 존재는, 마을의 온갖 소음 가운데 "소년의 소리"를 가장 사랑하는, 마치 전작에서 까마귀가 오직 슬픔에 빠져 있는 인간들에게만 호기심을 느끼고 찾아왔던 것처럼 소년 래니에게 가장 큰 호기심을 보이며 접근하는 데드 파파 투스워트일 것이다. 맥스 포터가 만들어낸 데드 파파 투스워트는 오랜 전통을 지닌 신화적 존재 '그린맨'의 한 창조적 변주일 텐데, 이는 우리에게는 다소 생소한 대상이므로 약간의 설명이 필요할지도 모르겠다.

그린맨은 끊임없이 되풀이되는 계절과 자연의 생산력, 즉 재생rebirth을 상징하는 전설적 존재로, 보통 잎에 둘러싸인 얼굴 형태의 장식조각으로 나타난다. 전적으로 이교도적인 상징임에도 불구하고 예로부터 교회의 장식으로 빈번히 쓰여왔다는 점이 그 유구함을 짐작하게 한다. 그린맨은 서양 예술사에서 여러 방식으로 끊임없이 등장해왔음에도 사실 우리에게 그리 익숙한 존재는 아니다. 하지만 구글에서 'green man'을 검색하면 뜨는 전형적인 이미지들을 보면 그게 또 그렇지만도 않다고 생각하게 될지도 모르겠다. 낯선 것은 '그린맨'이라는 명칭이었을 뿐, 그 이미지는 우리에게도 이미 어느 정도 친숙한 것이므로.

그린맨은 대중문화에서도 여러 변주된 형태로 종종 그 모습을 드러내곤 한다. 한국의 독자들에게 가장 친숙한 그린맨은, 아마도 J. R. R. 톨킨의 『반지의 제왕』에서 댐을 무너뜨려 사우론의 왕국을 수몰시켜버리는 엔트족(C. S. 루이스를 모델로 만들었다는 '나무수염Treebeard'이 바로 엔트족 족장이다), 역시 『반지의 제왕』에서 '숲과 물과 언덕의 주인'이자 '가운데땅'에서 가장 나이가 많은 신비로운 존재로 그려지는 톰 봄바딜, 그리고 마지막으로 케네스 그레이엄의 『버드나무에 부는 바람』 7장에 등장하는 유명한 '피리 부는 목신' 정도가 아닐까 싶다.

이처럼 그린맨은 모두 판타지로 분류될 장르의 문학에만 등장하고 있는데, 이는 그린맨의 성격상 불가피하고도 자연스러운 일일지도 모르겠다. 하지만 『래니』의 그린맨인 데드 파파 투스워트는 환상의 세계 속 그린맨이 아닌, 우리가 현재 살아가고 있는 세상인 인류세의 그린맨이다. 그는 처음부터 "역청 찌꺼기" "녹이 슨 깡통 뚜껑" "플라스틱 냄비와 석화된 콘돔" "박살난 유리 섬유 욕조" "타닌산 병들"과 함께 등장한다. 우리 주변에서 보이는 새의 둥지에 흔히 피복 전선이나 비닐, 철사가 섞여 있듯, 이제는 이런 것들이 그린맨과 한몸이 되어버린 시대가 도래한 것이다.

투스워트는 "끔찍한 일을 벌일 계획"을 세우는 무서운 존재이기도 하지만, 동시에 "선의로 길러낸 기적의 수확물"로 래니를 살려주는 존재로 그려지기도 한다. 물론 투스워트의 실존 여부에는 끝까지 물음표가 찍혀 있다. 환상을 통해서이긴 하지만, 그래도 래니를 제외하고서 투스워트를 보게 되는 유일한 인물인 졸리가 "뭔가를 깨닫고는 미소를" 지으며 하는 "그는 아이다"라는 말은 투스워트가 '아이' 래니의 마음이 만들어낸 존재일 수도 있음을 시사한다. 하지만 분명한 것은 투스워트가 '아이' 래니와 숲이 만들어낸 합작품이며, 둘 중 하나만 부족해도 생겨나지 않는 존재라는 사실이다. 투스워트는 래니의 분신이고, 래니는 투스워트의 분신이다. 둘은 가장 멀리 떨어져 있으면서도 가장 가까이 있는 존재들이고, 둘 모두 실재의 차원과 믿음의 차원을 분리할 줄 모르는 존재들이다.

결말에 대하여

나이를 먹어갈수록 삶은 점점 더 누추하고 얄팍해진다. 구출된 나이든 래니는 "예전보다 질문이 적어졌고 인간과 자연에 대해서도 보다 상식적으로 생각한다". 또래 친구들과 당최 어울리지 못하고 혼자서 자연물로 "사랑스럽게 장식된 아주 작은 이교도 교회"를 창조해내던 괴짜 예술가 소년은 이제 "버스 정류장 뒤에서 친구들과 모여 담배를 피우며 웃는다". 하지만 거의 접신한 듯한 "노랫소리, 반은 노래고 반은 흥얼거림인 래니의 이상한 수다"는 더이상 들려오지 않음에도 불구하고 "그 소년의 존재 자체가 그곳을 바꾸어놓았다. 그가 부른 노래들이 그 위에 뭔가를 남겨놓았다"는 사실만은 변함이 없다.

『래니』에서 맥스 포터는 삶(혹은 시대)의 비루함과 끔찍함을 때로 위악적이라는 느낌이 들 만큼 적나라하게 보여주지만, 그렇다고 해서 삶의 아름다운 순간들까지 모두 검게 칠해버리진 않는다. 그가 우리에게 보여주는 마지막 장면, 더는 공식적으로 작품 활동을 하지 않게 된 피트와 나이든 래니가 "인위적으로 조성된 영국의 어느 숲 깊은 곳"에서 만나 식은 맥주 두 병을 마시며 덤덤히 대화를 나누는 마지막 장면을 보라. 맥스 포터는 자신이 마지막으로 마련한 이 소설적 공간에 종이와 목탄을 든 피트와 래니를 남겨두고는 "그들에게는 아직 밝은 빛이 한두 시간 정도 남아 있다"며 얼마간의 따뜻한 시간을 열어둔다. 밝은 빛이 아예 없는 것도 아니고 끝없이 쏟아지는 것도 아닌, 그저 아직 '한두 시간 정도' 남아 있는 풍경. 그리고 그 속에서 "그들은 자신을 둘러싼 숲을 그린다". 이보다 더 가슴 아리고도 아름다운 결말이 또 있을까.

맥스 포터가 페기의 목소리를 빌려 말하듯 이야기의 결말이란 "가짜로 지어낸 것"일 수밖에 없지만, 이 지극히 인위적인 구축, 하지만 그럼으로써 도달한 가장 윤리적인 결말 앞에서 나의 몸과 마음은 바람 앞의 잎사귀들처럼 오래도록 떨림을 멈추지 못했다. "초록나무 래니, 너를 보면 꼭 나를 보는 것 같아"라는 투스워트의 말이, 책을 덮은 지 한참이 지난 지금까지도, 유년기를 멀리 떠나보낸 나의 귓가에, 먹먹히, 울리고 있다.

황유원

지은이 **맥스 포터**
2015년 발표한 첫 소설 『슬픔은 날개 달린 것』으로 딜런 토머스 상과 선데이 타임스 올해의 젊은 작가상을 수상했다. 2019년 출간된 두번째 장편소설 『래니』는 부커상과 웨인라이트상 후보에 올랐으며 고든 번 상 최종 후보에 올랐다. 2021년 소설 『프랜시스 베이컨의 죽음』을 발표했다.

옮긴이 **황유원**
서강대학교 종교학과와 철학과를 졸업했고 동국대학교 대학원 인도철학과 박사과정을 수료했다. 2013년 문학동네신인상으로 등단해 시인이자 번역가로 활동하고 있다. 시집으로 『세상의 모든 최대화』『이 왕관이 나는 마음에 드네』, 옮긴 책으로 『슬픔은 날개 달린 것』『모비 딕』『밥 딜런: 시가 된 노래들 1961-2012』(공역) 『예언자』『소설의 기술』『올 댓 맨 이즈』 등이 있다. 제34회 김수영문학상을 수상했다.

문학동네 세계문학

래니

초판 인쇄 2021년 7월 16일 | 초판 발행 2021년 7월 26일

지은이 맥스 포터 | 옮긴이 황유원
기획 이현자 | 책임편집 이봄이랑 | 편집 이현자 | 디자인 윤종윤 이원경
저작권 김지영 이영은 | 마케팅 정민호 정진아 김혜연 정유선
홍보 김희숙 함유지 김현지 이소정 이미희 박지원
제작 강신은 김동욱 임현식 | 제작처 한영문화사(인쇄) 경일제책사(제본)

펴낸곳 (주)문학동네 | 펴낸이 염현숙
출판등록 1993년 10월 22일 제406-2003-000045호
주소 10881 경기도 파주시 회동길 210
전자우편 editor@munhak.com | 대표전화 031) 955-8888 | 팩스 031) 955-8855
문의전화 031) 955-8896(마케팅) 031) 955-1929(편집)
문학동네카페 http://cafe.naver.com/mhdn | 트위터 @munhakdongne
북클럽문학동네 http://bookclubmunhak.com

ISBN 978-89-546-8083-7 03840

www.munhak.com